대한민국 0.1%만이 알고 있는 부의 비밀

ASPL

하이본파이낸스 고귀한, 공인회계사 정영록

ASPL 투자를 통해 현금 흐름을 확보하라!
안정적인 수익 창출이 가능한 담보대출 투자의 정석
적은 투자금으로도 즉시 시작할 수 있습니다.

불확실성의 시대에 안정적인 수익을 올리는 또 하나의 비법
부동산 투자의 새로운 패러다임을 제시하는 담보대출 투자의 바이블
이해하기 쉬운 설명과 풍부한 실전 사례가 포함된 ASPL의 지침서

봄날

서문

다양한 삶의 방식이 있습니다.

많이 버는 사람도 있습니다. 적게 쓰는 사람도 있습니다. 금수저로 태어나는 경우도 있습니다. 유산을 많이 물려받는 경우도 있습니다.

그러나, 세상에 변하지 않는 유일한 것은 '모든 것은 변한다'는 사실입니다.

많이 벌다가 끊길 수도 있습니다. 나는 적게 쓰지만, 살다 보면 예상 치 못하게 돈이 들어가는 경우가 생깁니다. 금수저로 태어났지만, 가세가 기울기도 합니다. 유산을 허무하게 날려버리기도 합니다. 또 는 열심히 지켜왔지만, 인플레이션이나 상권의 변화에 의해 자산이 허무하게 녹아내리기도 합니다.

모든 것이 변한다는 사실에도 불구하고, 우리는 스스로를 지킬 수 있는 방법을 찾아야 합니다. 자녀들은 스스로 앞가림 하기도 벅찰 거에요. 불확실한 미래의 나는 확실한 오늘의 내가 지켜야 합니다. 자본주의 사회에서 스스로를 지키기 위한 가장 보편적인 방법은 일정한 현금흐름을 확보하는 것입니다.

"잠자는 동안에도 돈이 들어오는 방법을 찾지 못한다면, 당신은 죽을 때까지 일을 해야만 할 것이다."   -워렌 버핏

변동성, 고금리, 불확실성… 급변하는 세상 속에서 우리의 삶은 예측할 수 없습니다.

하지만 걱정하지 마세요. 이 책은 ASPL이라는 투자 수단으로 당신이 잠자는 동안에도 돈이 자라는 비결을 알려드립니다.

이 책을 통해 당신은 다음의 정보를 얻게 될 것입니다.

- 변동성, 고금리, 불확실성 시대에 안전하게 자산을 보호하는 방법
- 노력 없이도 꾸준한 수입을 만들어내는 방법
- 자신의 라이프스타일에 맞는 최적의 투자 전략을 찾는 방법
- 또 하나의 월급과 같은 추가 현금흐름을 만드는 방법

부디 이 책을 통해 조금 더 나은 미래를 맞이할 수 있기를 바랍니다.

CONTENTS

ASPL
대한민국 0.1%만이 알고 있는 부의 비밀

Part.1 탐욕

무릎에서 사서
어깨에서 팔아라

머리 어깨 무릎
발 무릎 발

얼마나 더 견뎌야 하는지
짙은 어둠을 헤매고 있어
내가 바란 꿈이라는 것은 없는걸까?
더 이상은 견딜 수 없는 것
지친 두 눈을 뜨는 것 마저
긴 한숨을 내쉬는것조차 난 힘들어

말리꽃, 이승철

[IBK기업은행_대출이자안내]
[Web발신]
○ 대출계좌: 390-***772-32
○ 부족금: 1,225,128원

안녕하세요 최*리 고객님,
이자 미납 금액이 발생하지 않도록 당일 중 입금확인 바랍니다.
문자발송 전 이자출금 여부에 따라 부족금액이 변동 될 수 있습니다.
감사합니다 - IBK기업은행

최*리님 안양농협평촌남지점
[Web발신]
최*리님 안양농협 평촌남지점대출 1건 530,217원 이자미납중
(전일기준) 확인후 정리부탁드립니다.

[Web발신]
안녕하세요. 최*리 고객님. 고객님의 미납된 카드대금으로 인해 오늘이후 카드이용에 제한이 있을수 있습니다. 당일결제를 원하시는 경우 농협 가상계좌 083-039775-97-340로 965,547원 입금하시면 즉시결제가 가능합니다.(즉시결제 가능시간 09:00~22:30) 다만, 가상계좌입금 후 결제계좌에 잔액이 있는 경우 이중출금이 발생할 수 있으며, 이 경우 출금일 익 영업일에 결제계좌로 반환되오니 이점 양지하여 주시기 바랍니다. 감사합니다.

[하나카드]연체액 및 가상계좌
[Web발신]
[하나카드]안녕하세요 최*리님 카드대금이 미납중으로 관련 상담을 위하여 상담톡 링크를 보내드리니, 접속 후 미납내역을 확인해 주시기 바랍니다.
미납안내 상담톡은 문자를 받으신 후 당일 23시 30분까지만 가능합니다.
■ 미납대금 상담하기
https://cb.hanacard.co.kr/front/v1/jsp/legw/legwBond.jsp?v=BD053ED

· 　　　　에리는 속속들이 도착하는 체납 독촉 문자를 보며 압박감을 느꼈다. 에리는 사회가 지키라는 모든 것을 성실하게 지켜온 신용등급 900점 이상의 사람이었다. 하지만 지금은 신용불량자가 되기 직전의 체납자1 신세였을 뿐이었다.

착잡했다.

모든 것이 잘 될 줄 알았건만, 몇 번 재미를 봤던 지식산업센터 투자가 화근이었다.

부동산 투자 스터디 멤버들이 지산[1] 으로 재미를 본다는 소식을 들은 에리는 홀로 뒤처지는걸 용납하기 어려웠다. 남들보다 실행력 하나만큼은 타고났다고 자부하는 에리는 재빠르게 알아봐서 한 호실을 분양 받았는데, 계약을 한 지 얼마 지나지 않아 부동산으로부터 에리가 분양받은 호실의 매수를 희망하는 사람이 나타났으며, 그 사람이 피[2] 까지 주겠다는 전매[3] 제안 전화를 받았다.

에리는 잠시 고민했으나

"무릎에서 사서 어깨에서 팔아라."

라던 투자 격언을 떠올리며 '이 정도 금액이라면 어깨 정도는 됐겠다.' 싶어 제안을 수락했다.

에리는 성공적으로 엑싯[4] 을 한 뒤 꽤 큰 숫자가 더해진 통장의 잔고

---

1) 지산: 지식산업센터의 줄임말입니다.
2) P: 웃돈, 프리미엄의 앞글자만 따서 P라고 부릅니다. 누군가는 Fee라고 하기도 하는데, 뜻은 얼추 통합니다.
3) 전매: 분양 전 소유권을 이전하는 행위, P받고 넘기는 것을 뜻합니다.
4) 엑싯, 엑시트, Exit: 출구를 뜻하는 말로, 투자에서 엑싯(Exit)은 투자자들이 사업 또는 프로젝트를 정리하고 자금을 회수하여 이익을 확정하는 절차를 말합니다.

를 보며 오래간만에 나에게 선물을 해주려 생각했다. 명품을 좋아하는 성격은 아니라서, 해외여행을 생각하며 일본을 갈까, 유럽을 갈까 고민하며 알아보고 있었다. 그런데 갑자기 지난번 전매를 도와준 부동산에서 다시 연락이 왔다.

 "아이고 사장님 어떻게 지내세요?"

"아 예 사장님 안녕하세요 잘 지내셨어요?"

 "예 그럼 잘 지냈죠. 요새 물건이 없어서 중개를 못해 난리에요. 다름이 아니라 이번에 좋은 분양 물건이 들어왔는데 사장님 생각이 나서요. 지난번에 전매 하시고 남은 돈 아직 있으세요? 아니면 뭐 다른 거 사셨어요?"

"아직 뭐 한건 없고 그냥 여행이나 갈까 알아보고 있었 어요."

 "아이고 사장님 무슨 여행이에요. 지금 그럴 때가 아니에요. 지난 번 전매한 곳보다 더 좋은 물건이에요. 사두면 돈 좀 될거야. 다른 사람들한테는 말하지 말고…"

엉겁결에 에리는 하나를 전매해서 얻은 수익으로 두 개를 새롭게 분양 받았다. 그 해가 미처 지나기 전에 에리의 연락처를 어떻게 알았는지 다른 부동산에서 전화가 와서 또 피를 받고 넘기라는 제안을 받았다.

피 금액을 들은 에리는 잠시 꿈인가 싶었다.

'또 팔아야 되나? 혹시 더 오르지 않을까?'

잠깐 고민하던 에리는

"손 안의 새 한 마리가
덤불 속의 새 두 마리보다 낫다"

라는 속담을 떠올리며 매도 계약서에 다시 한 번 도장을 찍고 큰 이익을 실현했다.

얼떨떨했다.

에리는 불과 채 2년도 지나지 않아 사회 초년생의 연봉의 몇 배에 해당하는 돈을 벌었다. 로또 당첨자들이 주변 사람들한테 당첨 사실을 얘기하지 않는다 들었는데, 그 이유를 어렴풋이 알 것도 같았다. 에리는 수익을 실현한 사실을 왠지 모르게 가족한테도 말하기 껄끄러웠다. 그래도 누군가한테 이 사실을 얘기하고 축하도 받고 싶었던 에리는 단톡방에서 스터디 멤버들이 가끔 매도 소식을 올려주며 축하를 주고받던 게 생각나 오래간만에 단톡방을 열었다.

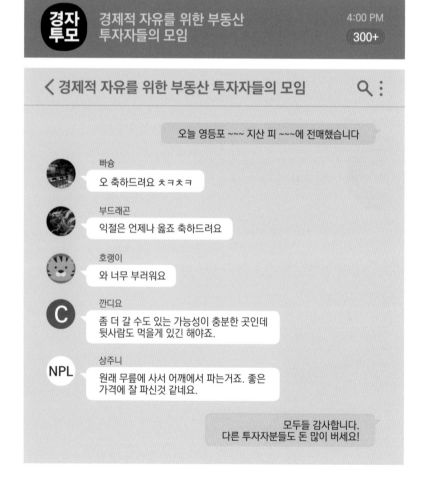

초심자의 행운

• 　　　　에리는 한 편으로 기뻤고, 한 편으로 얼떨떨했지만, 내심 불안했다. 왜냐하면, 두 번째 전매 계약을 할 때 부동산에서 계좌로 피를 받으면 안된다 하면서 현금으로 주었기 때문이었다. 에리는 이렇게 큰 돈을 현금으로 갖고 있어본 적이 없었다. 사실 백만원 이상을 현금으로 꺼내본 적도 거의 없었다. 첫 번째 전매를 경험했을 때는 나에 대한 선물로 여행을 갈 마음이라도 잠깐 들었었는데, 두 번의 전매를 통해 벌어들인 큰 돈을 현금으로 갖고 있다보니 마음 속에서 알 수 없는 불안감이 싹텄다.

'단순히 현금이라서 불안한 것만은 아닌것 같은데….
뭐 때문에 이렇게 불안할까?'

한참을 고민하던 에리는 실현한 수익이 절대적으로 큰 돈 인건 맞긴 하지만, 다른 집값과 부동산도 너무 올라서 이 돈으로는 막상 무언가를 하기엔 모자르다는 생각이 들었다.

'벌긴 했는데… 정말 번 게 맞는건가?

이 돈으로 다음엔 뭘 해야하는거지?'

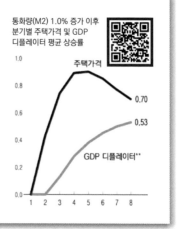

경향신문

통화량 증가로 인한 집값 상승률, 실물보다 2배 크고 빨라

KDI "집값 뛰어도 확장적 경제정책 계속"
입력 2020.11.09 16:47   박광연 기자

경기 회복을 위해 시중에 돈을 더 많이 풀 경우 주택가격이 실물경제 전체 가격보다 2배가량 빠르고 크게 상승한다는 분석을 한국개발연구원(KDI)이 내놨다. 통화량 증가에 따른 실물경제의 생산 회복은 느리게 이뤄지는 만큼 '부동산 가격 급등'이란 부작용에도 확장적인 경제정책이 지속돼야 한다는 것이다.

갖고 있는 현금을 어떻게 할까 고민하고 있던 사이, 전에 에리에게 행운을 안겨주었던 지식산업센터의 분양대행사 영업사원들로부터 연락이 왔다. 에리는 지난번에 분양해주신 지산을 팔았다고 말했다. 분양대행사의 직원들은 에리가 지산을 팔았다는 사실에 대해 자기의 일처럼 너무나 안타까워했다.

 "아… 그걸 파셨어요…아…"

'자기들 일도 아닌데 이렇게 안타까워하다니… 나는 돈을 벌었는데… 내가 수익을 실현한 게 잘못한 건가?'

에리는 답답한 마음에 넌지시 물어봤다.

"이제 어떻게 하는 게 좋을까요? 막상 지산을 팔고 나니 할 만한 게 없네요. 가지고 있는 돈도 큰 돈이긴 한데… 요새 돈이 돈 같지 않아요."

 "요즘 집값도 미친 듯이 올랐고… 지주택[5] 이나 빌라는 가까이 안 하는 게 좋고… 사실 요즘은 돈이 돈 같지 않아서 뭐 할만한게 없긴 하죠~. 그런데 이번에 괜찮은 자리에 전속[6] 으로 분양할 지산 미리 잡아둔 게 있는데, 그거라도 생각 있으면 자료 보내드릴게요~"

---

5) 지주택 : 지역주택조합의 줄임말로 원수에게 추천하는 부동산으로 알려져있습니다. 지역주택조합 자체가 나쁜 것은 아니지만, 매우 어려운 장애물들이 있기에 원수에게도 권하기 미안한 부동산으로 분류되기도 합니다.

ChosunBiz

[두 얼굴의 지주택]① "원수에게도 안 권한다는데"… 끊이지 않는 '지역주택조합 잔혹사'

1980년대 무주택자 '내집마련' 방편으로 시작
사기·횡령에 따른 사업지연 빈번
토지 95% 이상 확보해야… 조건 변경시 추가분담금↑

채민석 기자
입력 2023.08.16 06:00

6) 하나의 분양대행사가 전체 지식산업센터를 분양하는 것을 말합니다. 실제로는 잠재 매수자들의 초조함을 불러 일으켜 분양을 조기에 마무리 하려는 영업용 멘트인 경우가 대부분입니다.

"아 또 분양하는 게 있어요? 그것도 좀 오르려나요?"

 "입지가 그냥 예술이야. OO지구라고 들어보셨어요? OO지구에 입주한 XX지식산업센터라고 강변북로 접근성 기가막히지, 더블역세권이지, YBD, CBD 등 주요업무지구[7] 가깝지, 사실 이건 매수하겠다는 사람들이 너무너무 많아서 깜깜이 분양[8]을 하려고 했던 물건이에요~ 입주의향서도 이미 엄청 많이 들어와 있어서 에리 대표님은 사고 싶어도 살 수 없을거야… 혹시 생각 있으시면 투자 정보랑 입주의향서 보내드릴테니 접수해주세요. 대기 순번 오면 연락 드릴게요~"

---

7) 서울의 주요업무지구는 GBD (강남 테헤란로 업무지구 일대), CBD (광화문, 남대문, 을지로, 종로 업무지구 일대), YBD (여의도 업무지구 일대) 등이 있습니다.
8) 특정 목적에 의해 일부러 미분양을 유도하거나, 아는 사람들끼리만 분양받기 위한 방법입니다.

한국경제

가로주택 '깜깜이 분양'…청약은 '그림의 떡'

이유정 기자
입력 2020.11.04 16:59

NO. __000030__

입 주 의 향 서
(○○퍼스트 지식산업센터)

A. 목적물의 표시

소 재 지	서울특별시 강서구		
대지면적	4,435.00A㎡	사 업 명	○○○○○ 지식산업센터
용 도	지식산업센터 / 근린생활시설		

B. 건축개요

건축규모	지하 4층 ~ 지상 12층	연 면 적	35,856.95㎡
용 적 률	479.51%	건 폐 율	55.99%

※ 상기 건축개요는 사업이 진행되는 과정에서 다소 변경될 수 있음.

C. 회사개요

회 사 명		사업자등록번호	
주 소			
대 표 자		법인등록번호 (주민등록번호)	
전화번호		업종/업태	

D. 입주희망 내용

희망호수	동 호		
입주 희망 면적	분양면적: 평(전용면적: 평)		
비 고			

※ 본 의향서는 지식산업센터의 공급과 관련한 수요조사 목적으로 작성되는 것으로서, 본 계약 체결 시 호실 및 준양면적 배정 등은 달라질 수 있습니다.
※ 본 의향서는 사전청약 및 본 계약 체결을 위한 의사표시 용도이며, 법적 구속력은 없습니다.

상기와 같이 '○○○○○ 지식산업센터'에 입주를 희망합니다.

2017 년   월   일

대표이사: (인)

분양담당: (인)

*첨부: ① 사업자: 사업자등록증사본 1부
　　　② 개 인: 주민등록등본 1부

○○○○○ 지식산업센터 사업주관사 귀중

에리는 대표였다. 직장에서는 대리 나부랭이였지만, 처음 지산을

분양받을 때 만들이 둔 **개인사업자**[9]가 있었다. 거기엔 분명 대표자

---

9) 지식산업센터는 사업자들을 위한 상품으로 건물분 부가가치세를 환급받아 수익률을 높일 수 있습니다.
　 법인사업자 뿐 아니라 개인사업자도 부가가치세 환급이 가능합니다.

라고 똑똑하게 기재되어 있었다. 그래서 그런지 영업사원들은 항상 나를 대표님이라고 불러줬다. 대표 에리는 '사고 싶어도 살 수 없다.'는 말을 듣자마자 갑자기 초조해졌다.

"아잉 왜이러세용용용~ 내용 보내주시면 검토해볼게용

~ 아셨죠? 꼭 보내주세용! 오호홍"

에리는 입가에 아직 피 맛이 남아있었다. 피 맛을 한 번 더 보고 싶었다.

PART 01 _____ 묻고 더블로 가

• 영업사원과의 전화를 끊고 난 에리는 초조했다.

'정말 돈을 줘도 살 수 없는건가. 나한테까지 기회가 안오면 아까워서 어쩌지?'

하는 생각들로 일에 집중을 할 수가 없었다.

자료가 오기 전 인터넷에 XX지식산업센터를 검색해보니 별다른 정보가 없었다. 정말 아무 정보가 없는 건 아니고, 여러 내용들이 나오긴 했지만 시행사에서 한 번에 뿌린 것 같은 천편일률적인 보도자료들과, 입지가 탁월해 분양희망자들이 줄 서있어, 사전입주의향서[10] 접수가 곧 마감된다는 영업사원들과 공인중개사들의 블로그 글들 정도

---

10) 입주의향서는 분양이 잘 될지 궁금한 사업 주관사가 매수희망자들을 선별하여 연락처를 확보하는 등 현장의 수요를 측정하기 위한 서류일 분 법적 구속력은 전혀 없습니다. 보통 이런 문서는 작은 글씨들이 핵심이죠.

  - 본 의향서는 지식산업센터의 공급과 관련한 수요조사 목적으로 작성되는 것으로서, 본 계약 체결 시 호실 및 분양면적 배정 등은 달라질 수 있습니다.
  - 본 의향서는 사전청약 및 본 계약 체결을 위한 의사표시 용도이며, 법적 구속력은 없습니다.

  과거에 인기있던 현장 중 일부는 들어온 입주의향서를 모두 무시하고, 분양 계획을 취소한 뒤 전량 임대하는 경우도 있었습니다.

만 검색될 뿐이었다.

"한강변 노른자 입지"

"서울보다 더 서울같은 중심업무지구"

"쿼드러플역세권"

"주거와 상권의 이상적인 조화"

"한강 서부권 르네상스시대를 연다"

"파주보다, 김포보다, 일산보다, 마곡보다 서울 중심에 가까운 곳"

입지는 영업사원들 말대로 탁월했다.

지난번 전매 경험을 해서 피 맛을 본 에리는 다시 한 번 달달한 피 맛을 보고 싶어 입에 침이 고였다. 탐이 났다.

"부동산은 입지가 전부다."

누가 했던 말인지 정확하게 기억나지는 않았지만 갑자기 **"부동산은 입지가 전부다."**라는 말이 머리에 번쩍 스쳤다.

에리는 지산 두 개 호실을 전매하여 벌어들인 집에 고이 모셔놓은 현금을 다시 한 번 베팅하기로 결정했다.

'베팅할때는 베팅해야겠지.'

이번에는 두 개 호실이 아니라 수익금과 따로 모은 월급까지 모두 털어 넣어 네 개 호실을 사기로 했다. 처음에는 무리하지 않고 전매해서 벌어들였던 돈으로 두 개 호실만 사고 싶었는데, 좋은 자리는 한 개 호실이나 두 개 호실은 분양이 안되고, 3-4개 호실을 묶어서 묶음 분양[11] 받아야만 살 수 있다고 했다.

'그럴 만도 하지… 사면 다 돈인데…'

---

11) 발코니 등 서비스 면적이 넓은 코너 호실이 우선적으로 분양되고, 남은 호실은 애매하게 남아 미분양되는 상황을 방지하기 위해 분양대행사에서는 선호 물건과 비선호 물건을 묶어서 분양하기도 했습니다. 과거에 인기있던 현장 중 일부는 뷰가 좋은 꼭대기층 한 층 전체를 살 사람에게만 판매하기도 했습니다.

시행사와 분양영업사원들의 콧대가 높다고 생각했지만, 그럴만하다고 생각했다.

예상치 못하게 네 개 호실이나 분양받은 에리는 조금 부담된다는 생각을 했지만, 그나마 다행인 건 지식산업센터의 특징상 계약금 10%만 내두면 잔금까지는 따로 돈 들어갈 건 없었다. 기존에 수익을 실현한 피와, 여태까지 모아둔 월급, 직전 회사 퇴직금 등등 영혼까지 모두 끌어모아 영끌 계약을 한 에리는 어차피 가계약금이 들어간 이상 돌이킬 수는 없으니 좋게 생각하기로 했다. 사실 여태까지 항상 결과가 좋았으니 특별히 걱정할 것도 없었다.

'네 개를 전매하면 얼마가 남을까?'

다음번에 전매해서 얻을 수익을 생각하며 행복회로를 돌려보니 밥을 먹지도 않았는데 벌써부터 배가 불렀다.

PART 01 _____ 지산의 장점?

•   가계약금을 넣은 뒤에도 정식 분양 계약서를 작성하기까지는 여러 날이 남아 있었다. 그러나 본 계약서 작성을 기다리는 동안에도 하루가 멀다 하고, 지식산업센터의 분양가는 계속해서 신고가를 경신하여 상승하고 있다는 뉴스가 여기저기서 흘러 나왔다.

에리는 '지난 번 두 개 팔았을 때 어깨 정도는 되는 줄 알았는데⋯ 어깨가 아니라 허리도 안 온 거였나⋯ 괜히 팔았던 건가' 하는 생각도 가끔 들었지만, 그래도 두 개 호실 팔아서 네 개 호실이 되었으니 긍정적으로 생각하기로 했다.

2018년~2019년만 해도 평당 분양가 900-1,000만 원이 비싸다는 분위기였는데, 구로디지털단지와 가산디지털단지같은 지산의 메카뿐 아니라 강서와 영등포, 송파 문정 법조단지 등에도 많은 지식산업센터가 건설되고 있었다. 2021년을 넘어가며 평당 2,000만 원은 기본이었고, 성수동에는 평당 3,000만 원을 넘는 곳도 분양한다는 소식이 들렸다.

에리가 새로 계약한 지식산업센터는 행정구역만 경기도일 뿐, 횡단보도 하나만 건너면 서울인 곳이었다. 횡단보도 건너편에는 꽤 큰 업무단지가 있어 지식산업센터의 수요는 충분할 것 같았다. 아직 지하철은 들어오지 않았지만, 수도권 철도 계획 뉴스에 의하면 곧 더블역세권, 트리플역세권이 된다고 했다.

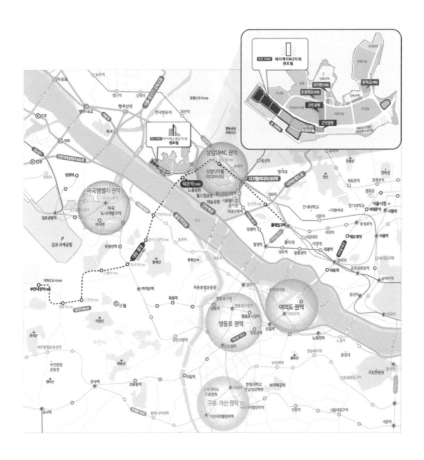

지식산업센터를 투자한 후에야 알게 된 사실이지만 지식산업센터 투자는 많은 장점이 있었다. 지식산업센터에 입주 가능한 수요자들은 사업자들로 제한되어 있었다. 그러나 공장을 운영하던 사업자들은 낡은 건물, 밥 먹을 식당 하나 없는 열악한 주변환경과 없다시피한 대중교통, 정비뇌시 않은 도로환경과 불편한 주차공간 등 여러 어려움을 겪고 있었는데, 지식산업센터는 이러한 사업자들의 어려움을 모두 해결해 줄 수 있는 구세주같은 상품이었다.

지식산업센터는 깨끗하고 큰 신축 건물이기 때문에 손님들이 방문했을때 보기도 좋았고, 보통 좋은 입지에 위치해 있어 직원들을 구하기 쉽다고 했다. 대중교통도 잘 구축되어 있는게 일반적이었지만, 대중교통이 없는 곳이라면 지산이 입주한 뒤 대중교통 노선이 생기기도 해서 지산이 지역경제에 미치는 파급력을 느낄 수 있었다. 또한 1층에는 다양한 상가들이 입점해 있어 입주자들이 점심시간에 밥 먹으러 헤매지 않는 것도 좋다고 했다. 주차장도 넉넉해 상품이나 제품의 입, 출고가 편리하며, 손님들이 방문했을 때 주차가 쉽다는 큰 장점도 언급되었다.

에리도 종종 지산에 위치한 거래처에 미팅 갈 때 느꼈지만 꽤 괜찮은 부동산이라 생각했고, 사업자들이 입주하려고 줄을 서있을 만하다고 생각했다. 실입주 예정자가 아닌 투자자 에리에게 있어 가장 좋은 점은 무엇보다 '대출이 잘 나온다'는 점이었다. 중도금은 무이자였으며, 잔금은 정부에서 금리 2%대에 특별대출을 해줬다. 에리는 전매를 하느라 경험해보지는 못했지만, 실사용 목적으로 분양받은 사업자들은 취득세와 재산세 감면도 크다보니 실제로 부담할 건 거의 없는 사업자들을 위해 태어난 매력적인 효자상품이라고 했다. 사업자들을 위해 태어난 지산은 서울 수도권 곳곳에 무럭무럭 올라가고 있었다.

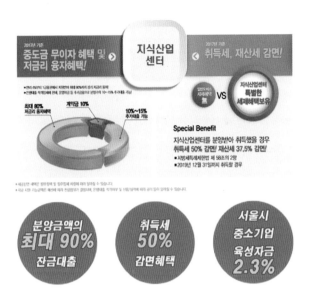

본 계약 날까지 출퇴근마다, 밤마다 꼼꼼하게 손품을 팔며 다각도로 검토한 에리는 알아보면 알아볼수록 안심했고, 본 계약 날 다시 만난 지식산업센터의 분양대행 영업사원은 돈만 있었으면 자기가 사고 싶은 물건이었다고, 정말 좋은 물건 잘 잡으신 거라고 입맛을 다시는 듯한 표정을 지으며 축하해줬다.

"사장님 좋으시겠어요. 이제 이런 물건 구하기 쉽지 않으실거에요. 혹시 나중에 전매 생각 있으시면 말씀해주세요. 잘 해드릴게요."

★

완공까지는 2년 정도 남아있었는데, 이번에는 전매를 할지, 아니면 그냥 가지고 있을지 마음을 정하지 못하고 있었다.

지난 번 전매를 한 뒤, 에리는 부동산에서 지식산업센터의 급매 시세 정보를 받은 적이 있었다. 급매라고 기재된 금액은 에리가 얼마 전에 판 가격보다 훨씬 더 높았다. 에리는 그때 갑자기 생리주기가 아니었음에도 이유를 알 수 없는 심한 복통을 앓았다. 마치 주식을 팔고 난 뒤 관심종목에서 삭제한 후, 우연히 급등한 시세를 알게 되었을 때 느꼈던 복통과 비슷했다.

어차피 계속 시세가 상승할 것 같은데, 그냥 팔지 말고 장기적으로 보유하며 임대 수익을 얻는 것도 나쁘지 않을 것 같았다. 임대수익을 얻다가 나중에 팔더라도 프리미엄은 여전히 존재할 테니까.

그런 생각을 하며 모델하우스를 나오던 중 낯익은 얼굴을 만났다.

에리: 어, B오빠! 맞죠? 오래간만이에요!

B: 어, 에리야! 반가워. 이게 몇 년 만이야? 진짜 오랜만이다.

에리: 네, 진짜 생각치도 못하게 의외의 장소에서 만났네요. 혹시 오

빠도 이거 사요?

B: 그러게. 난 서비스 면적이 넓은 코너 자리를 사고 싶은데, 그 호실을 사려면 여러 개 사야 된다네. 난 하나 정도만 사려 했거든. 넌 몇 개 샀어?

에리: 저는 4개 살려구요.

B: 부자네… 역시 있는 집 딸이야.

에리는 태어날 때부터 대학 졸업할 때까지 1기 신도시에서 꽤 유복하게 자란 편이었고, 대학교를 다니는 동안에도 쓸 돈이 모자르거나 한 적은 없었는데, 학교 선배 B는 그걸 기억하고 있었다.

사실 지금은 집안 사정이 좋지는 않았다. 친오빠가 음식점을 차릴 때 부모님이 밑천을 대주시고, 한동안 회사를 다니다 무슨 바람이 불었는지 다시 학교로 돌아가 박사과정을 진행중인 언니의 학비와 생활비를 대주느라 부모님의 현금흐름이 막힌 것 같았다. 가뜩이나 혈관도 안좋으신데 현금흐름까지 막혀서 요새 부모님의 얼굴빛이 더더욱 안좋아 보였다.

그나마 불행 중 다행인 것은 은퇴 전에 사 둔 오피스텔 몇 개에서 아주 크지는 않지만 그래도 부모님 노후 생활에 꽤 도움이 되는 수입이 나온다는 거였다.

가끔 세입자 교체 타이밍이 딱 맞지 않는 경우에는 소유주가 관리비까지 내야 한다며 "복비 내지, 관리비 내지, 이자 내지, 건강보험 내지, 대체 임대인이 봉이냐! 세상에 이런게 어딨냐!"라며 입버릇처럼 투덜대셨다. 세월이 흐를수록 부모님은 병원 가는 일이 잦아져 병원비 때문에 생활에 여유가 별로 없었지만, 오래간만에 만난 학교 선배에게 그렇게 숟가락 개수까지 드러내는 TMI[12] 를 얘기할 필요는 없다고 생각했다.

에리: 에이 저희 집 그렇게 부자는 아니에요. 아직 물려받은 것도 없구요. 받을게 있을라나 그것도 모르겠어요. 그나저나 오빠는 이제 계약 시작하면 한참 걸리겠네요. 오래간만이라 반가워서 커피라도 한 잔 하고 싶은데… 저 반차 쓰고 와서 회사로 복귀해야 할 시간이 얼마 남지 않아서요. 다음에 연락 한 번 해도 돼요? 맛있는 거 한 번 사주세요!

B: 응 좋지. 이게 내 번호야. 연락줘~

_____

12) TMI : Too Much Information으로 불필요한 많은 정보, 사족 등을 뜻합니다.

PART
01 _____ 나는 아직 배가 고프다

• 　　　　　본 계약 이후 영업사원과 부동산을 통해 몇 차례의 전매 문의가 있었으나, 팔고 싶은 만큼 넉넉한 피가 아니었다. 에리는 아직 배가, 아니 피가 고팠다.

'칫, 조금만 더 쳐주면 팔 수도 있었는데, 그 정도에 팔 수는 없지…'

에리는 좀 더 기다려보기로 했다.

기다리던 사이, 코로나 세상이 찾아왔다. 오랫동안 당연하게 여기던 것들이 당연하지 않을 수도 있다는 것을 깨달은 시기였다. 사회적 거리두기, 자가격리, 재택근무 등 새로운 규칙에 적응하느라 시간은 쏜살같이 지나갔다. 중도금 대출을 실행하러 은행을 다녀온 적이 엊그제 같은데, 벌써 완공이 얼마 남지 않은 시점이 다가왔다.

'입주가 이제 얼마 안남았네… 전매가 안되면 세입자라도 구해야겠다.'

에리는 지식산업센터 근처 주변 부동산에 임차인을 알선해달라는 전화를 걸었다. 공인중개사는 여유로운 목소리로 아직 완공까지 시간이 남아서 지금부터 임차인을 모으거나 광고를 할 필요는 없다고 말했다. 에리는 그래도 "빠를수록 좋지 않을까요? 혹시 전매를 원하는 사람이 있다면 전매도 고려해볼게요!" 라는 말을 덧붙이며 통화를 종료했다.

시간은 계속 흘러 잔금일은 다가오는데 기다리는 부동산에서는 연락이 오지 않았다.

　'곧 잔금을 치러야 한다고 했는데⋯'

에리는 지난 번 연락했던 부동산에 다시 한 번 전화했다.

 "아, 예예 손님들은 조금씩 오는데 입주장[13]이잖아요. 아무래도 한 번에 완공되는거라 임대물량이 많이 나오다보니 조금 기다려보셔야 할 것 같네요. 전에 1500-150 얘기하셨었죠? 다른데들은 최근에 1500-130에 내놨는데 사장님 물건은 계속 1500-150으로 알아볼까요?"

---

13) 지산이 완공되거나 아파트 단지가 완공되면 실입주가 아닌 임대목적의 매물들이 동시에 등장하는 현상을 말합니다. 세입자를 구하는 임대인들이 한꺼번에 몰려 입주장에 투매가 일어나기도 해 매수자 입장에서는 입주장에서 좋은 기회를 얻을 수도 있지만, 분양받은 사람들은 입주장을 잘 버텨야 합니다.

"예. 제가 분양 받은 물건들은 로얄층이고, 서비스 면적도
넓어 공간도 크고 뷰가 좋으니 1500-150에 기다려볼게
요. 짚신도 짝이 있다고 하던데 좋은 임자 만나겠죠 뭐."

"짚신은 짝이 있으나 입주장은 힘들다"

★

시간이 흘러간다.

연락이 없다.

에리는 초조한 마음에 스마트폰으로 네이버 부동산 매물을 살펴본다.
매물이 200개가 넘게 쌓여있다.

'혹시 다른 평인가...'

같은 평이다.

'공인중개사가 계속 배출되어 부동산들도 먹고살기 힘들다던데…
공인중개사 과당경쟁으로 인해 매물이 너무 중복해서 쌓이는 것 같
아. 너도나도 중개사무소를 하다보니 엄한 임대인이 괜히 피해보는
것 같네.'

투덜거리며 매물들을 하나하나 꼼꼼히 살펴보던 에리는 층이랑 향
이랑 동들이 다른 매물도 상당수 있다는 걸 확인하고 갑자기 한기를
느꼈다.

'다른 부동산에도 매물 내놓는 것이 뭔가 간보는 것 같아 미안해
서 한 곳에만 내놨었는데, 지금 가만히 있을 때가 아닌 것 같다.'

네이버 부동산에 다른 매물을 올린 부동산 연락처를 캡쳐해뒀다가
스리슬쩍 회사 옥상으로 향했다. 주변에 아무도 없는지 여러 번 두
리번거리며 확인한 뒤 전화를 시도해 보았다.

"안녕하세요. 저 XXX 지산 XX동 XX호 소유주인데요.

혹시 임차나 전매 접수 받으시나요?"

 "네 사장님 안녕하세요. 접수 받죠~."

"매물 많나요?"

 "실입주자 보다는 투자자들이 많으신지 임차인도 많이
구하고 팔아달라는 요청도 많아요."

"요새 피는 어느 정도에요?"

 "최근에 금리가 올라서 피 없이 분양가에라도 팔아달
라고 하는 분들이 계시네요."

"네 알겠습니다. 그러면 제 매물도 등록 좀 부탁드려요.
월세랑 전매 모두 등록할게요. 혹시 전세는 없나요?"

 "네, 지산에 전세는 없죠."

"알겠습니다. 복비 잘 챙겨드릴게요. 부탁드려요!"

이러면 완전히 나가린데

·　　　　　　옥상에서 몇몇 부동산에 비슷한 전화를 돌려본 에
리는 비슷한 패턴의 대화를 마쳤다. 부동산에서 하는 말들은 담합이
라도 한 것 같았다. 부동산들에 의하면 전매인도 임차인도 갑자기
자취를 감췄다.

'이게 어떻게 된 일이지…'

이런 생각을 할 때가 아니었다. 잔금을 치를 날이 얼마 남지 않았다.
혹시 모르니 플랜B를 위해 잔금 안내서에 광고를 등록한 은행에 전
화를 해봤다.

"안녕하세요 저 XXX 지산 소유자인데요. 혹시 XXX
지산 집단대출 담당자님 계신가요?"

 "잠시만요 뚜르르르르르르르. 네 안녕하세요. 대부계
ABC계장입니다."

"안녕하세요 저 XXX 지산 소유자인데요. 혹시 XXX
지산 집단대출 담당자님 맞으시죠?"

 "네 맞습니다."

"혹시 잔금 대출 금리가 어떻게 되나요?"

 "개인이세요? 법인이세요?"

"개인입니다."

 "실사용이세요? 임대세요?"

"임대 생각하고 있어요."

"그러면 70%까지 한도 나가실 것 같고, 금리는 6%대
생각하시면 될 것 같아요~"

"분양 시에는 최대 90% 까지 대출 가능하다 했고, 금리
는 높아야 3%대라고 했던 것 같은데요."

"임대가 아니라 실사용이면 80%까지 대출가능하긴 하고, 10%는 대표자 신용대출로 나가는거에요~ 임대는 한도가 10%씩 빠져요~. 신용대출도 알아봐 드릴까요?"

"아… 그렇군요…. 그런데 지식산업센터는 정부 지원 집단 대출이라 금리는 2~3%라고 했던 것 같은데 금리 가 6%를 넘는게 맞나요?"

 "요새 금리가 그래요~ 미국 금리 변동에 따라서 대출 실행시점에 더 올라가실 수도 있으세요~. 잔금대출 실 행일 돼야 정확한 금리 나오니 지금 금리는 참고만 하 세요~"

은행 담당자의 한도와 금리가 에리의 달팽이관에 닿으니 물 한 모금 없이 삶은 감자와 고구마를 연거푸 먹은 듯, 속이 갑갑해졌다.

회사에서 어떻게 일을 마무리 했는지 기억도 잘 안나는데 퇴근하고 집에 도착해 상황을 정리해보았다.

1개 호실당 대략 3억원이다.

지금까지 들어간 돈은 분양가의 10%인 3,000만원이다.

3,000만원씩 4개 호실이니 들어간 돈의 합계가 1.2억원이다.

70% 한도로 대출이 나온다면 잔금은 20%씩이 부족하다.

3억원 * 20% * 4개 호실이니 추가로 2.4억원이 더 들어가야 한다.

2.4억원…

없는데…

만약 공실이 된다면 내가 부담해야 할 이자는 어느 정도인거지?

대출 이자율을 6%로 잡아도 이자는 (300,000,000원 * 대출 비율 70%) * 이자율 6% * 4개 호실 / 12개월

타탁탁타다닥타탁

재빠르게 계산기에 입력해본다.

4,200,000원

'내 월급보다 많은데?'

에리는 가벼운 현기증을 느꼈다.

믿을 건 남편 뿐

·   현실을 받아들이기 어려운 에리는 어느 날 갑자기

머릿속에 이런 생각까지 들었다.

'혹시 부동산에서 가격을 낮춰 거래를 활성화하기 위해서 나한테

거짓말하는 건 아닐까?'

금세 의혹이 곧 확신으로 바뀌었다.

'아닐거야! 사기꾼같은 부동산들. 아무래도 내가 직접 확인해봐야겠어.'

에리는 세입자인 척 다른 부동산에 전화를 걸었다.

"안녕하세요 XXX 지산 찾아보고 있는데요~ 혹시 전매

도 있나요?"

 "아 그럼 많죠. 몇 평 찾으세요?"

"전매 매물이 많이 있나요? 혹시 가격이 많이 올랐나요?"

 "아니에요~ 마피나 계포도 많아요."

"마피나 계포가 뭐에요?"

 "계포는 계약금 10% 납부한거 포기한다는 의미라서 10% 싸게 산다는 걸 말해요. 분양가가 3억이었으면 계약금 3000을 냈을텐데, 그 3000을 포기하고 2.7에 살 수 있는걸 계포물건이라고 불러요. 만약 2.8이나 2.9에 살 수 있다면 마피 2천이나 마피 1천이라고 하구요."

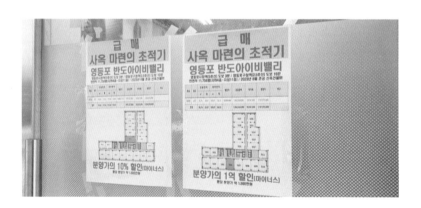

"아… 그래요? 왜 계약금까지 포기하며 그렇게까지들 하는거에요?"

"다들 급한 사정이 있나봐요. 사장님 언제 시간되세요? 한 번 오세요~. 매물들 많은데 다 보여드릴게요~"

"네… 혹시 월세 물건은 많나요?"

"그럼요. 월세도 많아요. 원하시는 대로 골라서 보실 수 있어요. 가격도 엄청 저렴해요. 사장님께서 실사용하실거에요? 어쩌면 사는 것보다 임차가 나으실 수도 있어요."

"아 그래요? 월세는 얼마정도인가요?"

"세상에~ 요새 가격이 이렇게 좋을수가 없어요. 정말 싸요. 평당 임차료가 만 원 이에요. 만 원."

"로얄층도 그런가요? 로얄층 월세는 최저가 130 정도라고 들어서요."

"아이고 여기에 월세 130 하면 요새 누가 들어와요. 분양면적이 60평이면 실평 30평이거든여? 그게 60만 원이에요. 증말 싸죠. 지식산업센터는 관리비도 엄청싸고 … 블라블라… 아셨죠? 꼭 오셔서 연락 주세요~."

뒷 얘기는 잘 들리지도 않았다.

　'이게 웬일이야. 마피에 계포라니.'

전화를 끊고 난 에리는 눈 앞에 벌어진 현실을 도저히 믿을 수가 없었다.

　'전매받을 사람도, 임차인도 없다니!'

에리는 고함치고 싶었다. 점심시간의 회사 복도라 다니는 사람들이 많아 입 밖으로 사자후를 내지를 수 없는 게 아쉬울 뿐이었다.

오후 내내 계속해서 발을 구르며 마음 속으로 소리를 치고, 휴대폰을 힐끔거렸지만, 전매 희망자가 나타났다거나, 임차인이 구해졌다거나 하는 소식은 없이, 부동산 투자 스터디 단톡방에서 비관적인 내용만 오고갔다.

　'어쩌다 이렇게 된 걸까?'

예민함과 스트레스가 극에 달한 에리는 단톡방의 알림을 껐다.

　'어떻게 내게 이런 일이 일어날 수가 있지!'

견디기 힘든 에리는 반차를 신청했다.

상사: 또 반차야?

내 속도 모르고 상사는 속을 긁어댔다.

에리: 속이 너무 안 좋아서요.

상사: 요새 엠지다 뭐다 유튜브에 숏츠도 많이 돌던데 남 얘기가 아니네. 에리씨도 엠지[14] 티 내는거야? 회사 조직생활이 자기 기분 따라 하고 싶으면 하고, 집에 가고 싶으면 가는 그런 곳이야? 에리씨 공백 메울 동료들 생각은 조금이라도 하는거야? 여기 엠지만 회사 다녀? 정도껏 해야지…"

 '아오 빡쳐. 저 엠지 타령하는 입을 막아버리고 싶네. 엄지를 부러 트려버릴까.'

--------------------------------- ★ ---------------------------------

14) 엠지, MZ: 1980년생부터~1990년대 초중반생인 밀레니얼세대(M세대)와 1990년대 중후반~2010년대 초반생인 Z세대를 묶어 지칭하는 말입니다. 기성세대들 중 일부가 자기중심적이고 예측 불가능해 회사생활에 적합하지 않다고 젊은이들을 에둘러 비난할 때 자주 사용됩니다.

믿을 건 남편 뿐

상사와 반차로 감정싸움을 하고 나서 어느정도 감정이 가라앉은 에리는 지금 이 모든 사실들이 믿어지지 않아 퇴근길 지하철의 검은 창만 멍하니 바라보았다.

아직 에리는 공실 사태를 받아들일 준비가 되어 있지 않았다. 에리는 임차인과 전매인이 나타나리라고 굳게 믿었다. 믿을 근거는 딱히 없었지만 그렇다고 큰 욕심을 부렸다고는 생각하지 않았다. 소박한 행복을 위해, 경제적 자유를 위해 작은 파이프라인을 구축하려 했을 뿐인데…. 아니, 파이프라인이라고 하기엔 거창하다. 수도꼭지나 약수터 정도라고 하자. 남들이 다 부동산으로 돈을 번다길래 거기에 살짝 탑승해 함께 즐거워 하고 싶었을 뿐인데….

그렇게 큰 잘못을 저지른 건 아니라고 생각했지만, 어쨌든 한 평생 힘들게 쌓아온 모든 것이 한 순간에 날아갈 위기에 처했다. 억울하고 분한 마음에 눈물이 샘솟아 흰 마스크 위로 마스카라가 번져 흘렀다.

에리는 오랫동안 고민해 봤지만 어떤 결론에도 이르지 못했다. 할 수 있는 일이라곤 네이버 부동산을 들락거리며 늘어나는 매물을 확인하고, 피터팬과 중고나라, 당근마켓에 임차인을 구한다고 글을 올리는 것 밖에 없었다.

에리는 우울해지기 시작했다.

'만일 앞으로 임차인이나 매수인이 없으면 어떻게 해야 하나?'

에리는 지산을 통해 미래의 계획을 세웠었다. 언제든 회사를 그만두고 여행을 가더라도 생활비에 여유가 있는 FIRE족[15]의 라이프스타일, 아이가 생기더라도 커리어가 끊길까봐 전전긍긍하며 눈치보지 않아도 되는 당당한 직장생활, 남편이 혼인신고 안하고 애매하게 굴면 다른 언니들처럼 혼자 자유롭게 즐기며 살아가는 골드미스가 되는 상상… 그 모든 꿈들이 물거품처럼 사라지는 것 같았다.

'어떻게 이런 일이 있을 수 있지….'

에리는 두 눈을 꼭 감으며 얼굴을 감쌌다. 모든 것을 되돌리고 싶었다.

집에 일찍 돌아온 에리는 이 사실을 남편에게 말할지 말지 고민했다. 남편은 날이 갈수록 에리의 얼굴에서 웃음과 기력이 실시간으로 사라지는 것을 보며 뭔가 있을 것 같다는 짐작을 하고 있었지만, 사실 남편은 지금 에리의 안색같은 사소한 문제에 신경을 쓸 여유가 없었다. 남편은 해외선물과 코인으로 계좌를 탈탈 털려 제정신이 아니었다. 에리와 남편은 아직 혼인신고도 하지 않은 상태였다. 아이도 없었다.

---

15) 파이어족 : 모든 사람들의 꿈인 경제적 독립(Financial Independence)와 조기 은퇴(Retire Early)를 추구하는 삶의 방식.

둘은 몇 차례 출산에 대해 진지하게 얘기를 나누었지만 아직까지는 완전히 자리잡은 느낌이 들지 않아 그런지 우연히 실수로도 생긴다는 아이가 에리 부부에게는 생기지 않았다. 아이도 없는 상황에서 굳이 혼인신고를 해봐야 신혼특공 혜택만 버리는 것이라 생각하여, 혼인신고를 미뤄두고 있었다. 아니, 어쩌면 신혼특공 혜택을 빌미로 서로 좀 더 간을 보고 싶은 건지도 몰랐다. 요새 이혼은 흠도 아니라고는 하지만, 만에 하나 잘 안되어 갈라 선다면 굳이 서류에 이혼 기록을 남길 필요는 없으니까….

에리의 남편은 처음부터 지산 투자에 대해 반대했다. 주식이랑 코인이 있는데 지산같은 걸 왜 하는지 이해하지 못하는 사람이었다. 하락장이 오면 어쩌냐고 해봐야 인버스도 있고 레버리지도 있으니 걱정할 것 없다고 대꾸하는 사람이었다. 지산의 수익구조와 임대료에 대해 말해준 적 있었지만 몇 푼 되지도 않는 '티끌 모아 티끌'이라며 마땅치 않아 했다. 처음 몇 번의 전매를 통해 현금을 손에 쥐며 돌아오자 더 이상 잔소리를 하지는 않았지만, 여전히 부동산 투자에 관심을 보이는 에리에게 우호적이지는 않았다.

'코인은 장대빔 한 번 쏘면 하루에 몇 배를 벌 수도 있는데 차라리 코인이 낫지…. 아니면 레버리지도 있고, 주식도 있고….'

그런데 남편이 굳게 믿던 그 코인과 주식이 박살났다.

에리는 어려움을 겪고 있는 상황을 가감없이 말했다.

남편으로부터 위로를 받기를, 또는 해결책을 제시받기를 바랐지만 남편도 '바로 이 때가 아니면 박살난 코인을 속죄 받을 길이 없겠구나.' 싶어 자신의 상황을 솔직하게 구체적으로 털어놓았다.

"그렇구나…. 힘들었겠네…. 그런데 여보야…. 사실은 말이야…. 나도 할 말이 있는데…."

결혼 전 결혼생활을 하며 꼭 지켜야 할 사항 중 하나로 중요한 결정을 할 때는 서로 상의하기가 있었는데, 에리는 약속을 어긴 남편에게 화를 낼 힘도 없었다.

위기였다.

이제… 이혼인가…

아니, 애초에 혼인신고도 하지 않았으니 이혼은 아닌건가…

에리는 휴대폰에 문자나 전화가 올 때마다 부동산이기를 간절히 바랐지만, 그런 일은 없었다. 날이 갈수록 의기소침해지고 신경도 날카로워져서 쉽게 잠을 잘 수가 없었다. 잠이 들어도 악몽에 시달리

느라 깊은 잠에 빠지지 못했다.

매일같이 네이버 부동산에 들어가 광고를 올리고 있는 중개사들에게 임차와 전매 요청을 했지만, 정작 오는 문자는 시행사 보유분 특별 할인 분양 광고와 신규 분양 현장 입주의향서 광고, 급매 안내 문자 뿐이었다.

[Web발신]
(광고)
포스코 사무실 임대, 분양
1층 임대중인 상가 분양 40% 폭탄할인
무료수신거부08088770610

지친 에리는 전매 희망자와 임차인이 없다는 사실을 받아들이고, 현실을 잊어버리고 부정하려 했다. 그러나 모래 속에 머리만 숨기면 위기가 지나가리라 믿는 타조처럼 행동해도 에리의 위기는 지나가지 않았다. 상황을 애써 외면해도 이자를 내는 날은 더욱 빠르게 돌아오는 것 같았다.

최*리님 안양농협평촌남지점
[Web발신]
최*리님 안양농협 평촌남지점대출 1건 530,217원 이자미납중
(전일기준) 확인후 정리부탁드립니다.

[IBK기업은행_대출이자안내]
[Web발신]
○ 대출계좌: 390-***772-32
○ 부족금: 1,225,128원

안녕하세요 최*리 고객님,
이자 미납 금액이 발생하지 않도록 당일 중 입금확인 바랍니다.
문자발송 전 이자출금 여부에 따라 부족금액이 변동 될 수 있습니다.
감사합니다 – IBK기업은행

[Web발신]
안녕하세요. 최*리 고객님. 고객님의 미납된 카드대금으로 인해 오늘이후 카드이용에 제한이 있을수 있습니다. 당일결제를 원하시는 경우 농협 가상계좌 083-039775-97-340로 965,547원 입금하시면 즉시결제가 가능합니다.(즉시결제 가능시간 09:00~22:30) 다만, 가상계좌입금 후 결제계좌에 잔액이 있는 경우 이중출금이 발생할 수 있으며, 이 경우 출금일 익 영업일에 결제계좌로 반환되오니 이점 양지하여 주시기 바랍니다. 감사합니다.

[하나카드]연체액 및 가상계좌
[Web발신]
[하나카드]안녕하세요 최*리님 카드대금이 미납중으로 관련 상담을 위하여 상담톡 링크를 보내드리니, 접속 후 미납내역을 확인해 주시기 바랍니다.
미납안내 상담톡은 문자를 받으신 후 당일 23시 30분까지만 가능합니다.
■ 미납대금 상담하기
https://cb.hanacard.co.kr/front/v1/jsp/legw/legwBond.jsp?v=BD053ED

'또 연체야?'

에리는 급여 이상의 이자를 내게 될 줄은 몰랐다. 이자 때문에 카드 값도 밀려 신용 등급까지 떨어질 판이었다. 내가 이러려고 지산을 샀나 자괴감이 들고 괴로웠다.

급기야 담보 대출을 해준 은행이 원망스럽기까지 했다.
남 탓이 제일 쉬웠다.

Part.2 의심

위험은 자신이 무엇을 하는지
모르는데서 온다.

Warren Edward Buffett

블랙 프라이데이, 경매

• 　　　　　　에리는 결국 입주 지정 기간이 끝날 때까지 세입자를 구하지 못했다. 입주 지정 기간이 끝나갈 즈음 현장을 방문해 본 에리는 눈물이 나오려 했다. 부동산과 몇몇 커피숍들만 1층에 입점되어 있을 뿐, 탑층부터 내려오며 몇 개 층을 둘러봤는데 큰 건물이 텅 비어있는 것과 다름 없었다.

텅 빈 지식산업센터를 둘러보고 좌절감을 한가득 안고 돌아오는 길에 눈에 들어오는 문구가 있었다.

"블랙 프라이데이 기념 중개 수수료 무료"
"2개 호실 계약시 이사비까지 지원 파격 혜택!"

누구 놀리나 싶어 헛웃음이 났지만, 한편으로는 이렇게라도 해서 임차가 맞춰진다면 다행일거라는 생각도 들었다.

전매희망자와 세입자를 구하지 못한 에리는 잔금을 치를 돈이 없어 중도금 대출을 상환하지 못한 상태였다. 발등의 불은 꺼야 했다. 지

한국경제

지식산업센터도 '블프'?…"중개 수수료 무료·이전비 100만원"

알스퀘어, 내달까지 프로모션
공실 늘어나자 파격혜택 도입
거래액, 1년새 40% 넘게 감소

이유정 기자
입력2023.11.13 17:44

지식산업센터를 대상으로 임차 중개 수수료 무료, 이전비 현금 지원
프로모션이 등장했다. 공급과잉과 경기 부진 등으로 급증한 지식산
업센터 공실을 줄이기 위해 다양한 마케팅 방안이 도입되고 있다.

금 에리의 발등은 뜨겁지 않았지만 마음은 매우 답답했다. 가슴 속의 불을 끄고 싶었다. 이 불을 꺼 줄 사람은 단 한 명 뿐이었다.

집에 도착해서 남편에게 말했다.

에리: 여보, 나 지식산업센터 잔금 영혼까지 끌어 모아서 거의 맞추긴 했는데 20,000,000원 이 모자라.

남편: 왜 그걸 나한테 얘기해? 그러니까 돈도 없으면서 그걸 왜 샀어.

남편은 업비트 화면에서 시선도 떼지 않은 상태로 차갑게 뱉었다. 뒤통수를 한 대 치고 싶었다.

에리: …죽을래? 여보 코인 있잖아. 그거 팔자.

남편: 아 그거 곧 오를거야. 안돼.

에리: 오르긴 뭘 올라. 그 얘기만 몇 달 째 하고 있잖아.

남편: 아 진짜 곧 **구조대**16) 온다니까?

에리: 여보야… 정말 죽고 싶은거야? 내 정녕 당신을 엄히 다스려야 하나 지금은 전세가 시급해. 지금 달아난다고 살 수 있을 것 같아? 지금 나 급할때 외면하고, 코인 올랐다고 쳐. 나 떠나고 나서 오른 코인 붙잡고 혼자 살거야?

남편: 자기야… 제발… 진짜 **알트**17) 구조대 오는 중이라고… 여기 단톡방 봐봐. 영! 차! 영! 차! 보이지?

에리는 남편의 휴대폰을 소파로 냅다 집어던졌다.

에리: 아 진짜! 지금 안 도와주면 평생 애 안 갖는다.

남편: … 알았어 얼마나 팔면 돼? 전체는 다 못팔아… 진짜 딱 필요한 만

---

16) 구조대 : 정상에 물린 분들이 탈출할 수 있는 기회를 말합니다. 산 가격에 시세가 다시 도달하는 걸 구조대가 온다 합니다.
17) 알트코인 : 비트코인 외 마이너한 암호화폐. 주식으로 치면 우량주가 아닌 소형 개별주, 잡주 등을 말합니다.

큼만 얘기해.

남편과 푸닥거리 후 잔금을 간신히 맞추기는 했지만 에리는 극심한 스트레스를 받았다.

잔금에 대한 압박속에서 여러 중개인들과 임차에 대한 논의를 하느라 직장 업무에 집중을 할 수가 없었다. 자꾸 전화를 받으러 자리를 지키지 못하고 왔다갔다 하다보니 점점 회사에서도 눈치가 보이기 시작했다.

에리는 급여만으로는 도저히 이자를 맞출 수가 없었다. 계속 적자가 났다. 무언가 방법을 찾아야만 했다. 투자 스터디원들의 최근 관심사는 분양 계약 해지 컨설팅[18]과 경매였다. 스터디원들은 체력과 열정 재벌들이었다. 대체 어디서 그런 열정과 체력이 계속 샘솟아 나는건지 부동산 경매 공부마저도 치열하게 했다. 에리도 지독했다. 엄청난 자금 압박 속에서 경매 스터디에도 참여했다. 돈 여유만 있다면 여러 개를 사고 싶었지만, 중요한 건 늘상 부족하듯 자금 여유가 없었다.

경매 물건을 시세보다 저렴하게 낙찰받은 뒤 리모델링 후 되팔면 짧

---

18) 계약 해지 컨설팅: 계약자 중 잔금을 치르기 어려운 분들이 자산 분양 계약을 해지할 수 있도록 법률 조언을 얻는 컨설팅입니다. 시행사나 분양 대행사는 새로운 분양 희망자가 없으므로 필사적으로 계약 해지를 해주지 않으려 합니다.

은 시간 안에 수익이 클 것 같았다. 굿옥션, 스피드옥션, 지지옥션 등의 부동산 경매 정보 계정을 스터디원과 공유했다. 각각 백 만원이 넘는 계정인데, 중복 로그인하면 접속 제한 등의 징계를 받을 수 있다보니 사용 시간대를 정해놓고 스터디원들끼리 질서정연하게 접속해 이용했다. 에리는 관심있는 매물을 혹시 다른 스터디원이 컨닝할까봐 관심매물로 찜하는게 찜찜했다. '그냥 계정을 따로 쓸까…' 생각하다가도 계정 가격을 혼자 다 내려니 부담스러워 매물 정보를 따로 메모해두고 보는 방식으로 시간을 갈아 넣었다. 배정된 시간을 넘겨서까지 열람해야 하는 경우에는 뒷 사람에게 미리 스벅 기프티콘을 보내며 양해를 구했다. 첩보조직이 따로 없었다.

그런데, 경매에 대해 열심히 공부할수록 경매물건들이 애매하게 느껴졌다. 마음에 드는 물건은 한 번만 더 유찰이 되었으면 하는 생각이 들었고, 가격이 괜찮아 보이는 물건은 어딘가 하자가 있어보이거나 권리관계가 복잡해 보여 애매하게 마음에 들지 않았다.

마치 백화점에서 디자인은 마음에 쏙 들지만 가격이 마음에 안들고, 아울렛에서는 가격은 어느정도 마음에 들지만, 내가 원하는 디자인은 사이즈가 애매하게 빠져있는 느낌 같았다.

그래도 돈이 충분하지 않은 에리는 경매를 공부하는 것 외에는 선택권이 없다고 생각했다. 짧지만 깊게 스터디원들과 수백 개의 경매물건을 검토하며 고된 수련을 거쳐 권리분석을 마스터했다. 에리는 살면서 이런 것까지 배우게 될 줄은 몰랐다.

★

경매는 온라인으로 입찰하는 공매와 다르게 직접 법원에 방문해 입찰해야만 했다. 마음에 드는 경매 물건이 있다 하더라도 관할법원이 다르면 한 번에 동시 입찰하긴 어려워 법원별로 가격대에 맞는 매물을 섬세하게 추려 몇 달 동안이나 입찰했다. 하지만 에리가 관심을 갖는 물건은 남들 눈에도 좋아보였는지 경쟁이 치열했다. 에리가 고심 끝에 써낸 가격으로는 언제나 패찰이었다. 낙찰은 고사하고 차순위[19] 입찰조차 해보지 못했다. 회사와 상사 눈치를 보며 연차와 반차를 내고 멀리까지 와서 패찰[20] 한 뒤 입찰용으로 발행했던 수표를 입금처리 할 때마다 '내가 지금 어디서 뭐하고 있는건가…' 하는 현타[21] 가 몰려왔다.

경매장은 어느 법원이든 매우 혼잡했다. 법원의 직원들, 수많은 입찰자들, 입찰자들과 동행해 법원 경매를 설명해주는 경매 컨설턴트

---

19) 차순위: 경매시 입찰가를 두 번째로 높게 써낸 사람입니다. 2위이자 은메달이지만, 꽝이나 다름 없습니다.
20) 패찰: 꽝
21) 현타: 현자타임의 줄임말로 자기가 처한 현실을 자각하며 깨닫는 걸 말합니다.

들, 낙찰자들에게 **경락잔금**[22] 대출을 안내하는 영업사원들이 서로 얽혀 발 디딜 틈이 없었다. 에리가 열심히 경매를 참여하던 시기는 코로나 대유행의 정점이라 4인 이상 집합금지령이 한창이었는데도, 정작 법을 집행하는 법원 내 경매장에서 한 평에 4명 이상 발을 딛고 서 있었다. 얼핏 봐도 100평도 안되는 공간에 200명은 몰려 들어와 있는 것 같았다. 판사인지, 집행관인지, 청원경찰인지 보이지도 않는 누군가가 멀리서 갈라진 목소리로

"입찰 끝나신 분은 제발 좀 나가세요! 한 자리 이상 떨어져 않으세요! 몰려서 서있지 마세요!"

등등 허공에 흩어지는, 아무도 듣지 않아 의미없는 말을 목이 쉬어 가도록 외쳐댔다. 경매장은 법원 내 무법지대였다.

아무도 나가지 않는데 에리도 나갈 수 없었다. 코로나 감염보다 더 무서운게 경제적 구속이었다. 에리도 나가지 않고 버티며 낙찰가를 꾸준히 메모했다. 그런데 메모를 하다보면 계속 이상한 생각이 들었다. 어떤 물건들은 전 단계 최저매각가액을 넘거나, 심지어 감정가액을 넘기도 했고, 에리가 시세를 확인하고 온 몇몇 물건들은 현재 부동

---

22) 경락잔금: 경매 낙찰을 받은 경우 해당 물건을 담보로 대출을 받을 수 있습니다. 시기와 물건의 담보력에 따라 다르지만 최대 80~90%의 대출이 나오는 경우도 있습니다

산에서 거래되는 급매가격보다 비싸게 낙찰되는 일도 있었다.

에리는 혼란스러웠다.

그냥 부동산 가서 "매물 있나요?"하고 물어보면 "급매 나온거 많아요. 잠깐 앉아보세요"하면서 맥심 커피도 따뜻하게 한 잔 타주고, 다양한 급매물을 보여줄테고, 마음에 드는 물건 찍으면 스케줄도 편할 때 맞춰 잡아주고, 시간 맞춰 방문해서 주인이나 세입자가 안전하게 열어주는 문으로 들어가서 편안하게 둘러본 뒤 그 중 하나 골라잡아 계약하면 되는데, 왜 굳이 이 추운 경매장에 몰려와서 들어가 볼 수도 없어 상태를 장담할 수도 없는 경매 매물을 부동산 급매가격보다 더 비싸게 사고 있는지 도통 알 수가 없었다.

★

경매에 집중하던 몇 달 사이에 보유 중이던 물건 4개 중 하나의 임차 계약이 완료되었다. 어떻게든 임대를 놓고 싶었던 에리가 복비를 따따블로 준다 해서 그랬는지는 몰라도 중개사들이 지산의 방화문 힌지가 헐렁해질때까지 보여준 모양이었다. 월세는 마음에 들지 않았지만, 그래도 에리가 내던 공실 관리비라도 가져가 주니 천만다행이었다.
에리는 이자 뿐 아니라 공실의 관리비까지 부담하고 있어 마음 고생, 지갑 고생이 이만저만이 아니었다.

계속된 스트레스에 원형탈모가 오고 피부가 푸석해지던 에리는 문득 계약할 때 만났던 선배 B는 어떻게 지내고 있는지 궁금해졌다.

> 오빠 잘 지내요? 밥 한 번 사주세요~

PART 02 _____ 유사임대업자 B

• B선배는 언제든 편한 곳에서, 편한 시간에 일정을 잡으라고 했다. 주 52시간 제도 시행 이후에는 정시퇴근하는 분위기가 확립되어, 퇴근 시간에 맞춰 회사에서 멀지 않은 곳으로 장소를 잡았다. 선배는 장소와 시간은 양보했지만, 메뉴는 샤브샤브로 해달라고 요청했다. 샤브샤브집에 도착하자마자, 먼저 도착해 기다리고 있던 선배를 만났다.

에리: 오빠! 일찍왔네요. 어떻게 지냈어요? 얼굴이 좋아보여요.

B: 응, 적당히 살았어… 너는 어떻게 지냈어?

선배는 원래 조금 소심하고, 말끝이 흐렸다. 요새 말로 하면 극 I같달까.

에리: 가까이 살아요? 아니면 회사가 근처에요?

B: 아니 난 그냥… 직장을 다니는 직장인은 아니라…. 일단 밥부터 먹고 얘기하자. 배고파.

선배는 샤브샤브를 좋아하는 모양이었다. 오래간만에 만났는데 한동안 말없이 샤브샤브를 건져 먹는데 집중했다. 야채를 몇 번 가져다 먹고 나서야 배가 좀 찼는지 젓가락 속도가 느려졌다.

에리: 오빠 결혼은 했어요? 신수가 훤하니 결혼한 거 같은데.

B: 난 했지. 대학 졸업하고 얼마 지나지 않아 일찍 결혼했어. 애가 둘이나 있어. 너는?

에리: 어쩜 결혼할 때도 연락 한 번이 없었어요? 저는 2년 전에 결혼했어요.

B: 그냥… 사람들한테 청첩장 나눠주며 결혼한다고 와달라고 하는 게 어렵더라고. 친구가 별로 없기도 하지만 사는게 바쁘기도 했고. 연락하는 친구들이 없어 소식을 들을 길이 없다보니 너 결혼한지도 몰랐네. 아이는?

에리: 아직 없어요. 강아지만 키워요.

B: 그렇구나… 아직 신혼이니까… 그럴 수 있지… 그런데 무슨 고민 있어? 얼굴이 어둡네… 직장이 힘들어?

에리: 직장은 이직한지 얼마 안됐고 괜찮은데… 아… 오빠 근데 전에 지산 계약했잖아요. 등기 쳤어요?

B: 아… ○○지구 ××지식산업센터 얘기하는거지? 팔았어.

에리: 얼마에 팔았어요? 전 아직 들고 있어요.

B: 세 맞췄어? 난 계약하고 얼마 안돼서 피 거의 없이 넘겼어. 돌아다니다 보니까 지산 분양을 너무 많이 하더라고.

에리: 저는 제일 좋은 로얄층인데도 한 개는 진짜 임차료도 최저로 낮추고 복비 따따블로 주면서 사정사정해서 간신히 맞췄고 아직 세 개는 비어있어요. 이자랑 관리비 때문에 죽겠어요.

B: 아 그래도 한 개 맞춘 건 진짜 진짜 다행이네… 그나마 한 숨 돌리겠어. 요새 지식산업센터 공급도 워낙 많고, 분양가는 사악하지, 금리는 미쳤지… 어후… 게다가 임차인 수요는 한정적이어서… 하나라도 임차 맞춘게 다행이다 정말.

에리: 저 여태까지 번 돈 거기 다 들어갔어요. 완전 물렸어요. 피 하나도 없어도 누가 산다 하면 팔아버리고 싶어요.

B: 그래 그것도 괜찮지….

선배는 흐리멍텅한 대답을 하는 동시에 야무지게 죽까지 비벼 먹었다. 계란죽을 만드는 손놀림을 보아하니 샤브샤브를 자주 먹는 게 틀림없었다.

에리: 오빠 집은 이 근처예요? 어디 살아요?

B: 집은 양재천 쪽이야.

에리: 그럼 꽤 머네… 그리고 부자네… 오빠가 커피도 쏴요. 자가예요?

B: 뭔 놈의 호구조사가 이렇게 훅 들어와? 지금 사는 데는 자가 아니야….

에리: 뭐야…. 다른 데도 있나보네. 다주택은 세금도 많다던데…. 진짜 부자인가 보네. 오빠 원래 부자였어요? 대학 때는 있어 보이는 느낌 전혀 없었는데….

B: 그냥 그냥 평범했지…. 그냥 투자가 좀 잘 돼서….

에리: 뭔데뭔데 나도 좀 알려줘 봐요.

B: 그냥 임대업 같은 거 해….

에리: 임대업이면 건물주? 그건 돈 엄청 많은 사람들만 할 수 있는 거 아니에요?

B: 아니… 그런건 아니야.

에리: 아 답답해! 좀 시원하게 알려줘 봐요!

B: 음료부터 시키고 얘기하자.

선배는 에리의 자몽허니블랙티와 본인의 돌체라떼를 주문했다.

에리: 임대업 하는거 뭐에요. 자세히 좀 풀어봐 봐요.

B: 쉽게 얘기하면 에리 네가 은행이 되는거야. 우리가 은행에서 돈을 빌리면 원금과 이자를 갚잖아? 그걸 하는거야. 예를 들어 9억짜리 집이 있는데 대출을 5억까지 받은 사람이 있어. 그 사람이 추가로 대출이 필요한 경우 아파트를 담보로 금전을 융통해 주는거야. ASPL이라고도 하는데 동산 임대업, 금전 임대업이라고 볼 수 있지. 은행이 아파트 담보대출 해주는 것과 동일하다고 보면 돼.

에리: 이거 어디서 들어본 것 같은데… P2P[23] 투자 같은거에요?

B: 비슷해…. 그런데 중요한 차이가 있어. P2P 투자는 빌려간 사람이 돈을 안갚으면 돈을 돌려받기가 상당히 어려운데, ASPL 투자는 안갚는 일이 거의 없어. 만에 하나 안갚는 사람이 있다 하더라도 돌려받기가 쉽고….

에리: 만약에 빌려간 사람이 안갚으면 어떻게 돌려받는데요?

B: 앞서 말했듯이, P2P와 ASPL의 가장 큰 차이는 "투자자가 쉽게 돌려받을 수 있느냐." 거든. ASPL은 투자금에 대한 권리를 부동산 등기부등본에서 확인할 수 있고, 등기부에 기재된만큼 투자자의 권리를 주장할 수 있어. 너 혹시 경매를 해 본 적 있니?

---

23)

디지털타임스

P2P 온투업 부실 주의보… 연체율 20% 넘은 곳도

금감원, 집중관리 나서

채민석 기자   입력 2023.08.16 06:00

금융감독원이 연체율이 최대 20%를 넘어선 온라인투자연계금융업(P2P·온투업)계에 대한 집중 관리에 나섰다. 19일 금융권에 따르면 금감원은 지난 1월 말 기준으로 연체율이 20%를 넘은 일부 온투업체를 대상으로 연체율 관리 계획을 보고받는 단계에 돌입했다.

에리: 네, 있어요. 한동안 경매장에 엄청 들락거렸는데, 낙찰 받아본 적은 없어요.

B: 거기서 혹시 물건을 생각보다 비싸게 낙찰받던 사람들을 본 적 있어?

에리: 어, 있어요! 부동산에 가서 사면 될텐데 왜 굳이 경매장까지 와서 힘들게, 비싸게 사면서 저렇게 웃고 있나, 네이버 부동산만 봐도 알텐데 네이버 부동산을 모르시나 싶었거든요.

B: 그게 대부분 비싸게 낙찰받을 만한 이유가 있어서 비싸게 낙찰받는거라…. 그러면 혹시 NPL은 해본 적 있니?

에리: NPL[24] 들어는 봤는데, 자본금도 많이 필요하다면서요. 저는 NPL은 커녕 아직 경매도 한 번도 낙찰 받아보지 못하기도 했고, 그래서 거기까진 아직 못 갔어요. 이름만 들어도 너무 어려워 보이던데요.

B: 경매 나오는 물건들이 보통 은행 등에 갚기로 한 돈을 갚지 못해서 경매에 나오게 되거든. 자세히 얘기하면 복잡하지만, 경매 물건을 비싸게 낙찰받더라도 수익이 나는 방법이 있어. 시세보다 고가낙찰을

---

24) NPL, 부실채권: Non Performing Loan, 자본금 5억 이상, 금융위원회에 등록한 법인만 NPL을 취급할 수 있도록 과거에 비해 문턱이 높아졌다.

받는 이유는 NPL의 방어입찰이나 유입투자와 연관이 있는데, 핵심은 정상채권이 부실채권(NPL)으로 전환될 때 ASPL투자자에게 공유자 우선매수청구권에 준하는 아주 높은 우선 순위를 부여한다는거야.

에리: 아… 오빠는 어쩌다 그걸 하게 되었어요?

B: 대학 졸업하면서 **마통**[25]을 만들었는데, 그 이후 은행에 이자를 안 낸 적이 없더라. 이후에 부동산 투자를 계속 하다보니 '제 아무리 날고 뛰어봤자 부처님 손바닥 안'이라는 말처럼 항상 은행의 손바닥 안에 있는 것 같더라고. 나도 **영끌러**[26]였는데 항상 은행이랑 **신수농 새**[27] 대출 한도와 금리 때문에 엄청나게 스트레스를 받았어. 어느날 문득 이런 생각이 들더라.

'이렇게 스트레스를 주는 은행은 참 좋겠다. 나같은 사람이 매달 이자도 따박따박 잘 내는데, 제발 대출 좀 해달라고 사정사정하며 찾아오고…. 영업이 필요없겠네. 혹시 나도 은행처럼 우량한 담보 물건이 있지만 돈이 필요한 사람한테 유동성을 공급해 주고 수익을 얻을 수 있는 방법이 있을까?'

---

25) 마통, 마이너스 통장: 직장인, 공무원 등을 대상으로 일정 한도까지 꺼내 쓸 수 있도록 해준 뒤 매일 매일의 이자를 계산해 받는 1금융권의 금융 상품. 최근에는 카카오뱅크. 토스뱅크 등 인터넷 전문은행 등에서 비상금 대출이라는 이름으로 중소기업 재직자나 자영업자들에게도 소액의 한도를 열어 주는 경우가 있습니다.
26) 영끌러: 영혼까지 끌어모아 투자하는 사람, 있는 돈 모두를 끌어모아 투자한 사람을 말합니다.
27) 신수농새: 신협, 수협, 농협, 새마을금고 등.

한참 연구해보니 방법이 있겠다는 생각이 들더라고. 내가 생각하는 게 맞는지 확인해보기 위해 여러 경매 및 NPL수업을 들으며 공부를 하던 중 대위변제라는 제도를 접하게 되었고, 이를 통해 투자의 새로운 가능성을 발견하게 되었어. 오랫동안 직접 투자에 참여하며 좋은 결과를 얻으면서 대위변제 투자의 매력을 몸소 체험했어.

에리: 처음 들어봐요 이런 거. 그러면 혹시 집값이 떨어지면 어떻게 돼요? 위험하지 않아요?

B: 다른 투자는 안 위험하고? 한 번 생각해 봐. 은행 예금, 적금도 예금자 보호 범위 내에서만 보장되니 위기가 올 때마다 **뱅크런**[28] 사태가 발생하지. 주식도 그렇지. 배당주? 배당 안 주면 그만이야~ 잘 나가던 회사들도 인적 분할, 물적 분할 해버리면 한 순간에 주주들은 들러리로 닭 쫓던 개 되고, 보통은 감자탕 끓인 뒤 설거지 당하는거지. 해외는 몰라도, 한국에 개인을 위하는 회사는 못 본 것 같아. 우리나라의 주식에 대한 불신이 몇몇의 이야기가 아니기에 해외주식이 활성화 되자마자 큰 인기를 얻는거 아닐까? 코리아 디스카운트란 말도 괜히 생기진 않았을거야.

---

28) 뱅크런: 은행의 신뢰도가 낮아지는 경우 은행의 잔고를 출금하기 위해 달려가는 모습을 말합니다.

071

유사임대업자 B

에리: 그래도 학교 다닐 때 소수주주권이라고 배웠던 것 같은데…

B: 대한민국 상법에 그런 달달한 것이 남아있긴 한가? 상법에 소수주주권이 남아있기야 있지. 그런데 우리나라의 소수주주는 성 소수자보다 대우가 안좋아. 소수주주들끼리 여의도에 모여서 퀴어축제나 할 수 있으려나….

에리: 그러면 ASPL은 안전한 편이에요?

B: 다른 모든 투자와 마찬가지로 절대적인 건 없지만, ASPL은 베리로우 리스크 하이 리턴 정도는 돼. 리스크가 거의 없는 이유는 ASPL을 구성하고 있는 기초자산인 서울, 수도권, 광역시 등 중심 지역의 대단지 아파트는 수요가 탄탄해서 시세라는게 형성되어 있거든. 나는 현재 실거래가 평균액의 60% 정도를 기준으로 삼아서 투자해. 무슨 얘기냐면, 1년간 평균적으로 거래된 아파트의 실거래가액이 10억이라고 하면 6억을 투자 마지노선으로 삼기 때문에 서울, 수도권, 광역시 등 중심 지역의 대단지 아파트 가격이 절반 이하로 떨어지지 않는 한 안전하다고 볼 수 있어. 그리고 어차피 우리 가족 살 집 하나 정도는 있어야 하는데, 서울, 수도권, 광역시 중심 지역의 아파트라면 주거 환경도 좋을테니, 여차하면 우리 가족이 들어가서 살아도 되고, 나중에 아이들이 결혼할 때 증여해 줘도 좋지 않을까?

에리: 수익은 괜찮아요?

B: 에리 너는 투자할 때 어느 정도의 수익률을 목표로 하니?

에리: 연 평균 수익률이라면 30% 정도?

B: 그렇구나. 세계 최고의 전업투자자 워렌 버핏 옹의 연 평균 투자
수익률이 19.8%야.

머니투데이

연 수익률 19.8%로 '누적 378만%'…버핏의 긴 편지 보니
[김재현의 투자대가 읽기]

'A4지 10장' 버핏 올해의 주주 서한…
"5년마다 정말 좋은 결정하면 성공",
"황당한 가격에 주식 거래될 때 있다",   김재현 전문위원
"훌륭한 파트너보다 소중한 것 없어"   입력 2023.03.01 08:00

'오마하의 현인' 워런 버핏 버크셔 해서웨이 회장이 올해도(2월25일) 변함없이
주주 서한을 발표했다. 주주 서한은 버핏이 매년 2월말 주주들에게 보내는 장
문의 편지(올해는 A4지 10장)로 버핏의 생각을 가장 잘 드러내는 자료다.

에리: 아 ㅎㅎㅎ 좀 욕심냈나?

B: 법에서 보장하는 ASPL의 최대 수익은 연 20% 정도인데, 나는 보
통 7%에서 17% 사이로 투자해. 내 기준으로는 법에서 보장하는 범

위 안에서도 충분한 수익이 있더라고… 증여에도 엄청 좋은 기능이 있어서 자녀들한테 월 500만원이나 1천만원씩 현금 흐름 만들어주기도 좋아서 자산가들도 많이들 해…. 에리 너도 있는 집 딸이잖아? 증여 받을 거 있으면 한 번 해봐~.

에리: …오빠, 저 이제 있는집 딸 아니에요. 그런데 7%에서 17%까지 내고 빌리기도 해요?

B: 혹시 요새 카드사 할부 수수료는 얼마나 되는지 아니? 이거 한 번 봐봐.

이 카드사는 18.5%를 청구하네. 여기 뿐 아니라 다른 은행들도 거의 비슷해.

(단위 :%)

회원사 (가나다순)	단기카드대출 수수료율	할부 수수료율	장기카드대출 이자율	일부결제금액 이월약정		연체 이자율	기준일자
				일시불	단기카드대출		
신한카드	5.50~19.90	*9.50~19.90	4.30~19.90	5.40~19.90	6.40~19.90	7.30~20.00	2022-11-01
우리카드	5.90~19.90	*9.50~19.90	4.00~19.90	5.40~19.90	5.90~19.90	7.00~20.00	2022-04-01
하나카드	6.90~19.95	*9.20~19.95	6.90~19.95	6.90~19.95	6.90~19.95	9.00~20.00	2021-07-01
KB국민카드	5.90~19.95	*8.60~19.90	3.90~19.90	5.60~19.95	5.90~19.95	6.90~20.00	2023-09-16
NH농협은행	6.50~19.90	10.50~19.90	4.50~19.90	6.50~19.90	6.50~19.90	7.50~20.00	2022-01-01
경남은행	9.90~18.90	*12.00~19.00	7.80~18.90	9.95~18.90	9.90~18.90	15.00~19.90	2021-07-07
부산은행	7.90~18.90	*12.00~19.00	7.74~19.60	4.99~18.99	7.90~18.90	7.99~19.90	2021-07-07
씨티은행	7.90~19.90	7.70~19.90	6.90~19.90	6.90~19.90	7.90~19.90	8.9~20.00	2023-08-10
DGB대구은행	5.50~18.90	17.00~19.00	8.37~18.90	9.00~18.90	5.50~18.90	8.50~20.00	2021-07-07
IBK기업은행	4.90~19.90	*5.50~19.30	3.80~19.30	4.50~18.70	4.50~18.70	7.50~20.00	2023-07-01
SC제일은행	5.70~19.90	8.50~19.90	0	5.60~19.90	5.70~19.90	8.60~20.00	2023-12-01

에리: 힐! 나 할부 많이 쓰는데 이렇게 금리가 비싼 거였어요?

B: 응…. 오래 전부터 비쌌어…. 최고금리 고객이셨네….

에리: 그런데 할부가 아닌 다른 사람들은 왜 빌릴까요?

B: 카드사에서도 이렇게 15~20%씩 할부랑 카드론 이율을 부과하지만 생각보다 사람들이 엄청 많이 써.
우리가 주로 투자하는 ASPL은 일반적으로 17%야. 어떻게 보면 법정 최고금리인 20%를 청구하는 2금융권인 카드사 할부나 카드론보다도 저렴하게 빌려주는거지. 장점도 일부 있기는 해.

에리: 장점이 뭐에요?

B: 첫 번째로는 소득이 없어도 가능해. 돈이 필요한 사람 모두가 안정적인 직장을 가진 건 아닌데, 현재 금융정책은 무직자나 주부, 프리랜서에게는 대출이 꽤 어려운 편이거든. 사실 불가능하다고 봐도 될 정도야.

두 번째 장점은 신용등급에 영향이 없다는 점이야. 당장 네가 급한 일이 생겼는데 급전을 융통하기 어려워 급한 마음에 현금서비스나 카드론을 쓴다고 하면 꽤 큰 문제가 발생할 수 있어. 은행들은 모두 네가 현금서비스나 카드론을 받은 사실을 공유하고, 너에게 더이상 대출을 해주지 않아. 조기경보가 발령되었다며 기존 대출을 상환하라 하거나 다중채무자[29] 라고 하며 금리를 왕창 올리기도 해. 이미 대출이 있다고 하면 연장이 어려울 수도 있어.

세 번째 장점은 한도가 높고, 빠른 대출이 가능하다는 점이야. 1금융권의 담보 대출 상품은 담보가 있다고 하더라도 선순위 대출이 있는 경우에는 내부 정책상, 담보 비율 규제 등 이런 저런 사유로 충분하게 자금을 융통해주지 않고 심사가 오래 걸리는 데다가 조건도 까다

---

29) 3개 이상의 금융기관에서 대출이 있는 경우 다중채무자로 분류됩니다.

로운데 반해 ASPL은 담보 평가 후 몇 시간 만에 원하는 만큼 투자를 유치해 주거든.

급한데 심사는 오래 걸리고, 요건은 까다롭다보니 번거로운 게 싫거나, 신용등급에 나쁜 영향을 미쳐 다른 대출들에 영향을 미치는게 싫은 사람들은 차라리 ASPL이 낫다고 생각하는 경우도 있어. 급한 일 생기면 조기상환을 할 수도 있으니까 급할 때 잠깐 쓰고 갚을 마음으로 빌리는 경우도 있고. 사업가들 중에서도 ASPL을 이용하는 경우가 있는데, 일본의 유명한 기업인이자 자산가인 소프트뱅크의 손정의 회장도 ASPL을 이용해.

어차피 사업하는 사람들은 물건 100원에 사다가 200원에 팔면 남

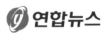

손정의 회장, 美 호화저택 담보로 2019년 900억원 대출

"위워크 IPO 무산과 비전펀드 등으로 자금 필요하던 시기"

송고시간 2024.01.15 11:42   차병섭 기자

일본 소프트뱅크 손정의(孫正義·손 마사요시) 회장이 2019년 당시 미국 캘리포니아주 실리콘밸리의 호화주택을 담보로 900억원가량의 거액을 대출받았던 것으로 전해졌다.

는게 크니까 금리에 덜 민감하기도 하고.

에리: 그렇구나…. 그런데 전 할부랑 현금서비스, 카드론이 이렇게 이자율이 높은 줄 몰랐네요. ASPL도 합법인 거에요?

B: 응 합법이야. 오히려 불법으로 빌려주고 이자 받거나 하면 문제가 될 수 있어. 너도 한 번 배워서 해봐.

에리: 에이 전 아직 투자금도 너무 작고… 잘 모르기도 해서…. 오빠. 오늘은 남편이 너무 늦지 말라고 해서 이제 일어나요. 다음번에는 제가 공부 조금 더 하고 선배 있는 곳으로 찾아갈게요. 그때 또 얘기해주세요.

왜 1인 은행, ASPL이 각광을 받을까요?

- 우량한 부동산을 담보로 한 상품으로, 매월 안정적인 투자 수익 현금흐름이 창출됩니다.
- 관리하는 시간이 적게 들어가며, 운영의 난이도가 낮습니다.
- 양도세, 종부세, 재산세가 없어 세금에 대한 고민이 없습니다. 종잣돈의 크기와 관계없이 시작할 수 있습니다.
- 자녀에게 합법적으로 세금 부담 없이 증여하기에 좋습니다.
- 만약 주변의 누군가가 돈을 빌려달라고 하면 있는 그대로 모두 빌려줘서 현재는 돈이 없다고 하면 됩니다.

곰팡이에게 제삿상을

• 매 주 부동산에 전화를 하던 에리는 첫 번째 젊은 임차인이 사업이 잘 된다며 창고를 찾고 있다는 얘기를 부동산으로부터 우연히 전해 들었다. 에리는 얼른 세입자에게 문자를 보냈다.

> 안녕하세요. 1505호 소유주입니다. 부동산으로부터 연락을 받는데, 창고를 찾고 있다는 소식을 들어서요. 맞나요?

> 아 예 안녕하세요. 맞습니다. 저희가 온라인 쇼핑몰을 하는데 생각보다 잘 돼서 공간이 조금 더 필요하게 되어 부동산에 문의 드려 놓았습니다.

답장을 받고 흰자가 안보일 정도로 동공이 커진 에리는 천재일우의 기회를 놓칠까봐 답장 대신 곧바로 전화를 걸었다.

"안녕하세요. 제가 지금 문자를 보낼 환경이 아니라 전
화를 드렸어요~ 사업은 잘 되세요?

 "네 안녕하세요. 요새 경기는 어렵다는데 저희는 다행

히 조금씩 확장하고 있는 것 같아요."

"우와 잘됐네요. 축하드려요. 지금 계신 사무실 바로 옆 호실 비어있는데, 거기는 어떠세요?"

 "아, 저희는 그냥 물건을 보관할 용도의 창고로 쓸 곳을 찾아보고 있는 거라서 이렇게 로얄층까지는 필요가 없어서요. 저희 사무실은 뷰는 좋은데, 월세가 좀 쎄잖아요. 그래서 지하로 알아보고 있어요. 지하가 면적도 넓고 가격도 싸더라구요."

"창고랑 멀면 왔다갔다 하느라 시간 쓰고 피곤하실텐데…"

 "같은 건물이면 엘리베이터가 있으니 카트로 왔다갔다 하기 나쁘지 않을 것 같아서요."

"그래도… 불편하실 것 같은데… 취급하는 품목이 뭐에요?"

 "의류요. 티랑 바지랑 속옷같은거요."

"그러면 더더욱 지하 안되죠. 해도 안들어서 물건에 곰팡이가 쓸지도 모르고… 그런 얘기 못들었어요?"

 "아 예 그런 얘기는 못 들었어요. 이런 큰 건물에도 곰팡이
가 있나요?"

"그럼요. 정말… 젊은 분이라 그런가 곰팡이 무서운 줄 모
르시네. 인터넷 한 번 찾아보세요. 좋은 물건 다 버려요."

에리도 젊었지만 어쨌든 이 기회를 놓칠 수 없어 재빠르게 말을 이었다.

"정 그러시면… 제가 지하랑 같은 가격은 좀 그렇지만, 최
대한 비슷하게 맞춰드리면 옆 호실도 쓰실 생각 있으세요?"

 "아 정말요? 그러면 저희는 너무 좋죠. 멀리 왔다갔다 하
지 않아도 되고."

에리는 곰팡이를 앞세워 두 번째 지산 임차를 간신히 맞췄다. 살면
서 곰팡이에게 고마움을 느끼기는 처음이었다.
혹시라도 세입자 마음이 바뀔까 봐 다음 날 곧바로 지산을 찾아가

1층 부동산에서 10만원 주고 계약서를 썼다.

이자와 관리비의 굴레에서 절반쯤 벗어난 에리는 이 기쁨을 누군가와 나누고 싶었는데, 최근 코인이 더 박살난 남편과는 냉전 중이었고, 대부분의 부동산 투자 단톡방들 분위기는 좋지 않았다. 한창 경매 다니던 스터디원들도 대화가 뜸했다. 간혹 올라오는 주제는 세입자들이 계약 만료 후 나간다고 하는데, 보증금 안내주고 버티면 어떻게 되는지에 대한 경험담들이었다. 지산 단톡방은 시행사와의 계약 해지가 가능한지에 대한 컨설팅과 법무법인의 홍보, 신축 지산 현장들의 할인분양 광고 등으로 혼란스러웠다.

지난 번 선배와 나눈 ASPL 얘기가 머릿속에서 떠나지 않던 에리는 선배 B에게 메세지를 보냈다.

> 오빠! 저 두 번째 세입자 맞췄어요.

> 대박! 축하해.
> 이 어려운 장에서 임차가 나가긴 나가네. 진짜 다행이다.

> 말도 마세요. 팔자에도 없는 곰팡이 앞세워서 간신히 계약했어요. 앞으로 곰팡이한테 제사라도 올릴까봐요.

뭔데 ㅋㅋ 나중에 한 번 얘기해줘.

다음주 화요일에 회사 창립기념일 휴무가 있는데 남편은 그 날 프로젝트 때문에 연차를 못쓴다며 회사를 가더라구요. 오빠는 그날 뭐해요?

난 별다른 약속 없어. 오후에 애들 오면 애들 저녁 밥 챙겨주는거 말고는 특별한 게 없어서 오전은 시간 가능해.

그러면 오빠 있는 곳으로 갈테니 점심 같이 먹을 수 있어요? 지난번에 했던 얘기 좀 더 궁금하기도 하구요.

그래 그러면 OOOOOO 여기로 올래? 아파트인데 단지 안에 커피숍이랑 라운지 같은 곳이 있어서 얘기하기 괜찮아.

곰팡이에게 제삿상을

에리: 우왕 좋다.

B: 경치 볼만하지?

에리: 엄청 좋네. 어쩌다 이런데 살게 되었대요? 레알 성공했네.

B: 다시 한 번 말하지만 자가 아니야. 여긴 33평에 20억 후반임.

에리: 뭐야뭐야. 전세도 그러면 비쌀거 아냐. 예전에 학생 때부터 주식하더니 코인이나 주식으로 왕창 땡긴거예요?!

B: 코인은 해본 적이 있는데 완전히 손 뗐고 주식은 여전히 하긴 하지만, 큰 돈을 벌지는 못했어… 나는 주식에 재능은 없나봐.

에리: 우리 남편은 해외주식도 하고 해외선물이라는 것도 하고 코인도 하는데 완전 망했어요. 잘 벌 때는 가즈아! 하면서 더 넣기만 하고, 안 될 때는 이럴 때 야수의 심장으로 물타야 한다며 더 넣어 박살나더라구요.

B: 우리 대학 다닐 때부터 적립식 투자가 좋다고 배우긴 했는데 그게 참 말이나 생각처럼 쉽지 않지… 난 그래도 적립식으로 체질 바꾼 뒤에는 건강해졌어. 주식도 편안한 마음으로 하게 되더라.

에리: 어떻게 마음 편한 적립식 투자를 해요?

B: 저번에 얘기했던 금전임대업이라고 기억나? ASPL이라는 거. 거기서 매월 일정한 투자 수익이 들어오거든. 그 돈으로 계획된 생활

비를 쓰고, 남은 건 다시 주식 등에 투자해. 몇 번 깡통 차며 느낀건데 마음 편한 투자가 가장 좋은 것 같더라고. 사람마다 마음 편한 투자 종목이나 방식은 다르겠지만, 매월 들어오는 일정한 현금흐름으로 주식에 투자하니 떨어져도 화도 좀 덜나고…, 초조함도 좀 덜고…, MTS나 HTS도 좀 덜 보게 되는 편이야. 마음 편한 투자를 하다 보니 결국에는 주식에서도 투자 수익이 계속 쌓이게 되더라. 코인은 실시간으로 변동폭이 너무 크다 보니 수익은 둘째 치고 내 삶을 좀 먹는 것 같았어.

에리: 그렇구나. 선배는 어떻게 하다가 그런 투자를 하게 되었어요? 원래 주식을 하지 않았어요?

B: 원래 주식만 했는데, 주변에 주식으로 돈 번 사람이 없네. 미국 주식이랑 배당주는 여전히 하긴 하지만 한국 코스피, 코스닥은 내가 할 만 한게 아닌 것 같아….
지난 번에도 얘기하긴 했지만, 대학 졸업 이후에 마통 개설하고 나서 은행에 평생 이자만 내다보니 진절머리 나더라고. 은행에 여태까지 낸 이자를 합쳐 보면 몇 천 만원이 넘더라.
에리 너는 혹시 은행에 이자 내면서 이자를 받는 은행을 해보고 싶다는 생각을 해본 적 없니?

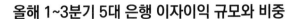

올해 1~3분기 5대 은행 이자이익 규모와 비중

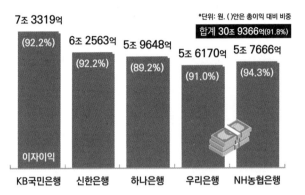

*단위: 원. ( )안은 총이익 대비 비중

합계 30조 9366억(91.8%)

7조 3319억
(92.2%)

6조 2563억
(92.2%)

5조 9648억
(89.2%)

5조 6170억
(91.0%)

5조 7666억
(94.3%)

이자이익

KB국민은행   신한은행   하나은행   우리은행   NH농협은행

2023년 11월 12일 금융권에 따르면 올해 1~3분기 KB국민·신한·하나·우리·NH농협 등 5대 은행의 이자이익은 총 30조9366억원으로 총이익에서 이자이익이 차지하는 비중은 91.8%다. 지난해와 비교해 이자이익은 7.4%(2조1310억원) 증가했고, 이자이익 의존도는 4.7%포인트(p) 하락했다. 은행별로 지난해보다 의존도는 대체로 낮아졌으나 최근 5년간 은행권 평균(88%)과 비교하면 높은 수준이다.

나는 은행이 부러울 때가 많았어. 매월 이자를 잘 내는 손님인데, 왕대접은 커녕 대출 연장할 때마다 가석방 심사를 받는 죄인처럼 움츠러드는게 싫었어. 여차하면 다중채무자라 금리가 올라간다느니, 신용등급을 떨어트리겠다느니, 대출을 상환하라느니 하는게 유쾌하지 않더라고.

가끔은 대출이 된다고 문자가 오거나 알림이 와서 막상 문의하면 금방 대출을 해줄듯 필요한 정보랑 서류는 다 받아가놓고, 수십 군데 금융기관에 개인 신용 정보를 돌리며 면이란 면은 다 팔리게 해놓고 마지막에 오는 건 이런거지.

에리: ASPL을 했다가 만약에 사람들이 원금이나 이자를 제때 안갚으면 어떻게 해요?

B: ASPL은 아파트를 담보로 투자금을 융통해주는거라, 아파트에 근저당권을 설정하면 법원을 통해 자금을 돌려받을 수 있어서 만에 하나 문제가 생기더라도 안전한 편이야. 근저당이란 쉽게 말해 투자금과 수익금을 받을 수 있도록 물건을 담보로 하는 법적 권리인데, 은행의 예금자보호는 은행이 파산하더라도 은행별 5,000만원까지만 보장해주지? ASPL은 담보에 근저당권만 설정되면 50억도 보장받을 수 있어. 여차하면 아파트로 받을 수도 있고.

에리: 정말요? 물건으로도 받을 수 있는거에요?

B: 응 가능하긴 한데, 그 부분은 ASPL 투자를 하게 되면 앞으로 자연스럽게 알게 될거야. 너 머리도 좋잖아.

에리: 그렇구나… 저도 한 번 해보려면 뭐부터 봐야 해요? 두 번째 지산 임차보증금이 들어왔거든요. 경매는 시간 내기도 어려운데, 낙찰받은 적도 없고 더이상 법원에 가고싶지 않아서요.

B: 몇 가지 내용을 알려줄테니 한 번 들어보고 너랑 맞겠다 싶으면

좀 더 알아봐봐.

첫 번째로 물건이 좋아야 돼. 나는 여차하면 직접 내가 들어가서 살 수 있을 정도의 담보 물건을 선택해. 지역의 랜드마크[30]나, 중소형[31], 신축[32], 재건축[33], 몸테크[34], 초품아[35], 대단지[36], 역세권[37], 학군지[38]등 등 부동산 가격에 좋은 영향을 줄 수 있는 요소를 갖춘 대장아파트[39]의 조건을 갖고 있다면 금상첨화야. 일반 아파트를 투자하는 것과 기준 이 같다고 생각하면 돼.

두 번째로는 투자금이 안정적으로 보호될 수 있는지 확인해 봐야 해. 경매를 해봤다 했으니 권리분석이 뭔지는 알지? 간략하게 요약하면 아파트가 경매에 넘어갈 경우 에리 네가 받아가야 할 금액에 영향을 주는 경우가 있는지를 봐야 한다는거지.

경매야 유치권, 법정지상권 등 여러가지 복잡한 특수물건들이 있지 만, ASPL은 그런거 없어. 복잡하면 투자 안하면 그만이야. ASPL은 투자를 원하는 사람들 본인이 살고 있거나, 전세, 월세를 줬거나 뿐 이야.

그러니 기존 담보대출이 많지는 않은지, 전세가가 매매가에 육박하 지는 않은지 정도만 보면 돼.

아파트는 네이버 부동산이나 호갱노노, 근처의 공인중개사무소들을 통해 비슷한 평수, 층, 향의 시세 정보를 검증하기도 쉬워. 내가 오 늘 받은 투자 제안서로 다시 한 번 설명해 줄게.

30) 랜드마크, 대장아파트: 그 지역을 대표하는 아파트를 말합니다. 줄임말로 해도 알아듣는 특징이 있어요. 그 지역의 대장아파트라고 부르기도 해요. 예를 들면 반포 아크로 리버파크 (아리팍), 래미안 대치 팰리스 (래대팰), 마포 래미안 푸르지오(마래푸), 잠실 엘스, 리센츠, 트리지움 (엘리트) 등

31) 중소형: 국민 평형 규모의 아파트, 중형은 30평대, 중소형은 20평대를 주로 말합니다. 분양시 84제곱, 59제곱 등으로 부르기도 해요. 시장에서 가장 많은 수를 차지하고 있는 평형대이고, 매매도 가장 쉬운 편이에요.

32) 신축: 지은지 몇 년 안된 아파트인데, 사람마다 기준은 다양합니다. 10년 안쪽도 신축이라 부르는 사람이 있는 반면, 준신축이라고 부르는 사람도 있어요. 지하주차장에서 엘리베이터를 타고 집으로 바로 올라갈 수 있고, 괜찮은 커뮤니티시설이 있으며, 지상에는 차가 다니지 못하고 공원처럼 조성된 아파트들은 연식에 관계없이 구축이라고 불리지는 않는 것 같아요.

33) 재건축: 곧 허물고 다시 지을 아파트를 말합니다. 대치동의 은마아파트나 송파구 롯데월드 앞에 위치한 잠실주공5단지아파트들이 재건축 예정 아파트에요. 성공적으로 재건축이 끝나고 나면 아크로리버파크나 래미안이촌첼리투스, 도곡센트레빌처럼 멋진 아파트로 재탄생해요.

34) 몸테크: 재개발, 재건축, 교통환경의 개선 등 물건 자체가 개선되거나, 주변 환경이 좋아질때까지 들어가서 몸으로 버티고 사는 전략을 뜻해요.

35) 초품아: 초등학교를 품은 아파트. 단지와 초등학교가 쪽문, 대문 등으로 연결되어 차도를 건너지 않는 경우가 진정한 초품아인데, 초등학교가 가까우면 초품아라고 홍보하기도 해요.

36) 대단지: 세대수가 많은 아파트이며, 1,000세대 이상 아파트 소유주 분들은 1,000세대부터 대단지라고 합니다. 3,000세대 이상부터는 대단지라고 해도 아무도 이의를 제기하지 못해요.

37) 역세권: 지하철 역 출입구와 가까우면 역세권인데, 특별한 기준은 없습니다. 지하철 안의 주변 지도에서 보이면 역세권으로 지칭하는 듯 하며, 일반적인 아파트 소유주들은 심리상 본인 소유 아파트 단지까지는 역세권으로 칩니다.

38) 학군지: 진학 실적이 좋은 중,고교가 있거나, 평이 좋은 학원들이 밀집한 지역을 말합니다. 서울의 3대 학군지는 대치동, 목동, 중계동을 말합니다. 경기도에서는 분당 수내가 유명합니다.

39) 대장아파트: 랜드마크와 유사.

노예 탈출한 B의 투자 기준

•   B: 이 서류는 내가 이용하는 투자 정보 회사에서 투자를 희망하는 사람들의 담보물건을 1차로 심사해 준 자료야. 심사서를 검토하고 투자를 결정하게 되는데, 차근차근 하나씩 살펴보자.

하이본 파이낸스 ASPL 투자 심사서

고객명	○○○ 고객님		투자금	12,000	만원	

담보지 정보	Kb시세가 ①	185,000	1순위 대출 기관명 ④	농협은행	2순위 대출 기관명 ⑤	전세보증
	실거래가	193,000	원금 ②	44,500	원금 ③	63,000
	자금용도	가계자금	설정금	56,400	설정금	63,000
	주소 ②	서울특별시 용산구 이촌동 395외 3필지 대림아파트				
	세대수	638	전용면적(㎡) ③	84.78	평수	25.65

투자정보	투자금액	12,000	1순위+2순위(원금) 1순위+2순위(설정)	107,500 119,400	최근 실거래가(6개월 이내)	
	설정금액 ⑥	18,000	②+③+④ ①	119,500 185,000	월 / 층수	10월 /21층
	월 이자(원)	1,700,000	담보비율 (LTV)% ⑦	64.6	실거래가(만원)	193,000

KB시세 매매, 전세가액	매매가액(만원)			전세가액(만원)		
	하위평균가	일반평균가	상위평균가	하위평균가	일반평균가	상위평균가
	172,500	185,000	190,000	50,500	57,000	60,500

채권
보전방법 ⑧
	• 국세납부증명원, 지방세납부증명원, 전입세대 열람확인원, 지방세세목별과세증명원,
	  사실증명원(당해세체납여부확인), 확정일자부여현황 등
	• 여신품의서, 대출거래약정서(금전소비대차약정서), 전입세대확인서, 근저당권설정계약서,
	  전세권설정계약서, 대위변제신청서, 개인신용정보활용동의서, 가등기설정계약서, 기타

채무자 정보 ⑨	주변여건: 역세권(용산역) / 주변 편의시설 多 / 집앞 한강
	채무자 직업/연봉: 7년근속 직장인 / 연봉 6500 / 4대보험 有
	배우자 직업/연봉: 직장인 / 연7000 / 4대보험 有
	기타사항: 농협은행 감액등기 예정(채권최고액 53400 설정예정)

❶ KB시세가와 실거래가는 실제 이 아파트의 과거 매매가격을 나타내. 미래의 매매가격을 알 수는 없지만, ASPL 투자 시점에 객관적으로 참고할 수 있는 기준이긴 해. 심사서에 금액이 써 있더라도 혹시 모르니 에리 네가 네이버 부동산이나 호갱노노 같은데서 교차 검증해 볼 수 있어.

A에서는 심사 매물과 동일 면적을 선택하고 낮은 가격순으로 정렬하면 가장 싸게 내놓은 급매 물건의 가격부터 알 수 있어. 그러면 최소한 이 정도 가격은 받을 수 있다고 생각할 수도 있지.

RR[40] 이거나 향이 좋다면 가격이 높겠지. 동일 면적의 가장 높은 호가는 22.5억인데, 나는 혹시 모르니 보수적으로 판단해서 고가보다는 급매가격을 기준으로 삼아.

그래도 아파트는 대부분 가격이 비슷한 편이야. 층, 향[41], 동, 한강조망 등에 따라 10~20% 정도의 가격 차이는 있는 것 같지만 나는 최저가와 직전거래가격들 중 낮은 금액을 기준으로 삼아.

---

40) 로얄동, 로얄층을 줄여서 RR이라고 합니다. 나무가 없어 시선을 가리지 않거나, 지상의 소음이 줄어들거나, 계단으로 걸어올라가기 힘든 층을 로얄층이라 부르는 듯 합니다. 대략 8층 이상 중 투자자 자신이 보유하고 있는 층 부터는 로얄이라고 주장하는 편입니다. 로얄동은 더더욱 기준이 없습니다. 한강이 조금이라도 보이면 무조건 로얄동에 끼워주는 듯 합니다.
41) 향은 남향을 최우선으로 치며, 정남향이 줄어든 지금은 남동〉남서〉동향〉서향 순서로 선호하는 듯 합니다.

B에서는 심사 매물과 동일 면적 매물의 가장 최근 거래 내역이 기재되어 있어.

최근거래내역 보면 18억에서 19억 왔다갔다 하네. 우리 심사매물은 18층이니 18.3억보다는 19.3억이나 19.5억에 조금 더 가깝다고 예상할 수도 있겠지?

그래도 나는 최저가와 직전거래가격 대략 5~10건 중 낮은 금액을 기준삼아 보수적으로 판단하는 편이야.

C에서는 추세를 확인할 수 있는데, 이 아파트는 18년부터 꾸준히 오른 걸 확인할 수 있어. 18년도 이후는 대세상승장이었으므로 약세장이 온다면 여기도 언젠가는 어느정도 조정이 있을지도 모르지만, 내 생각에는 입지도 탄탄한 편이고, 과거에도 17억 이상에서 다수 거래가 되었으므로 최소한 17억에는 거래가 될 거라고 봐도 괜찮을 것 같아.

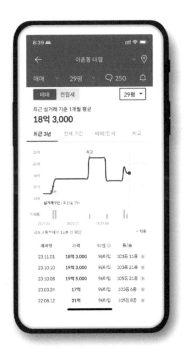

이건 **호갱노노**[42] 에서 실거래가를 확인할 수 있는 화면인데, 네이버와 데이터 차이는 없어. 같은 국토교통부 정보를 불러오는 거거든.

---

42) 부동산 시세정보를 쉽게 확인할 수 있는 스마트폰 앱 입니다.

위에 대화창 모양에 250이라고 써있지? 저기는 굳이 볼 필요는 없어. 혹시 보더라도 참조만 해. 안티와 찬티들이 공존하거든. 싸게 사고 싶은 사람은 악착같이 비난하고 깎아내리고, 비싸게 팔고 싶은 사람은 장점만을 늘어놓더라. 옛날 대학 입시 홀리건들이랑 다를 바 하나도 없어. 그때의 홀리건들이 나이 먹고 부동산 홀리건이 된 거라고 봐야하나…

❷ 지도도 한 번 보자.

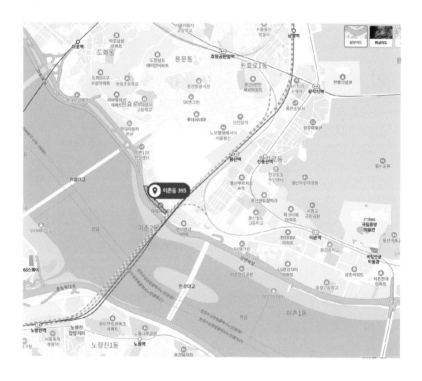

위치 어떻게 생각해?

에리: 한강 뷰가 기가 막히겠는데요.

B: 그렇겠지? 나도 그렇게 생각해. 티비에서 보면 연예인들이 한강을 거실에서 바라보며 차도 마시고, 파티도 하고 하던데, 여기도 비슷할거야. 남향에 18층이니만큼 거실에서는 탁 트인 한강을 감상할 수 있겠지. 여러 노선이 지나는 용산역이 가까워 교통이 편리하겠지만, 지상 구간이 있는 지하철이다 보니 반대급부로 지하철 소음이 있을지도 모르겠다. 얻는 것이 있으면 잃는 것도 있는 것 아니겠어? 성수나 당산 인근처럼 지하철 선로가 노출되어 있는 곳들은 소음이 조금 있긴 하더라.

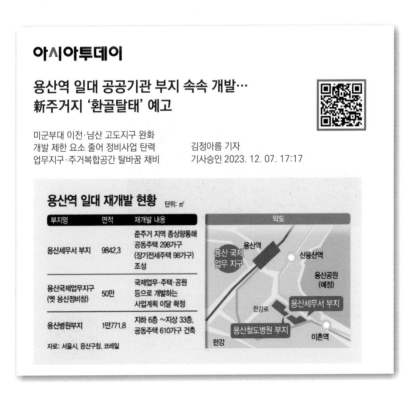

아시아투데이

용산역 일대 공공기관 부지 속속 개발… 新주거지 '환골탈태' 예고

미군부대 이전·남산 고도지구 완화
개발 제한 요소 줄어 정비사업 탄력
업무지구·주거복합공간 탈바꿈 채비

김정아름 기자
기사승인 2023. 12. 07. 17:17

용산역 일대 재개발 현황 단위: ㎡

부지명	면적	재개발 내용
용산세무서 부지	9842.3	준주거 지역 종상향해 공동주택 298가구 (장기전세주택 98가구) 조성
용산국제업무지구 (옛 용산정비창)	50만	국제업무·주택·공원 등으로 개발하는 사업계획 이달 확정
용산병원부지	1만771.8	지하 6층 ~지상 33층, 공동주택 610가구 건축

자료: 서울시, 용산구청, 코레일

94년식이면 완전 신축은 아니겠지만 아직은 쓸만할 테고 용산 공원, 중심업무정비창 개발 호재가 워낙 많다보니 앞으로도 가치가 떨어질 일은 없을 것 같아.

길 하나만 건너면 부의 상징 중 하나인 동부이촌동자이, 래미안이촌 첼리투스 등 쟁쟁한 곳들이 많아. 이촌 한강맨션도 재건축 된다고 하고.

 K그로우
부동산전문 사이트

용산 동부이촌동 반도 안전진단 최종 통과…
한강변 스카이라인 탈바꿈

이연진 기자   입력 2023.11.27 09:17

서울 용산구 동부이촌동 반도아파트 재건축 사업이 안전진단을 최종 통과했다. 이에 따라 재건축 사업이 속도를 낼 전망이다.

서울 용산구(구청장 박희영)는 반도아파트에 대한 주택재건축정비사업 정밀안전진단 용역을 완료한 결과 '재건축(42.92점)' 판정으로 안전진단 최종 통과를 재건축추진준비위원회에 통보했다고 27일 밝혔다.

한강변에 자리한 이 아파트는 1977년 준공 이후 올해로 47년 차를 맞은 곳으로, 면적 1만6508㎡에 지하 1층, 지상 12층 규모의 공동주택 2개 동, 총 199가구가 들어서 있다

G글로벌경제신문

주목되는 한강변 재건축 '동부이촌동 한강맨션'

이승원 기자　　입력 2023.09.07 11:32

최근 초고층 재건축 지역들이 큰 눈길을 끌고 있다. 특히 초고층 재건축 지역에서도 압구정·반포·용산 등 '한강변 재건축'에 대한 기대감이 높아지고 있다.

에리 네가 보기엔 어때? 가치가 떨어질 일은 없어 보이지?

에리: 네. 엄청 좋아보여요.

❸ 1번에서 한 번 얘기하긴 했지만 전용면적은 꼭 확인해야 돼. 분양면적을 전용면적으로 착각하면 담보를 고평가 할 수 있어. 면적에 따라 시세, 담보력, 투자금액의 한도가 달라질 수 있으니 꼭 정확하게 확인하는 습관을 들여.

❹❺ 이 집 주인은 농협에서 4.45억의 대출을 받았대. 그리고 6.3

억에 전세를 줬다네.

만약 이 집을 팔려면 약 11억은 갚아야 한다는거지. 조금 다르게 얘기하면 이 집이 경매로 넘어갔을 때 11억 가량은 받아갈 순서가 정해져 있다는 얘기야.

그리고 설정금이라는걸 간단하게 설명해주자면, 원금을 안 갚으면 안 갚는 기간 동안에도 이자가 발생하겠지? 소송하는데 소송비용이 발생할지도 모르고 말이야. 농협은 4.45억을 빌려줬지만, 이자 및 소송비용 등을 합쳐 5.64억까지 받을 수 있도록 한도를 설정해 놓은 거야.

❻ 주인이 집을 담보로 투자받고 싶어하는 금액은 1.2억이래. 혹시 만약 투자에 대한 이자를 늦게 주거나, 경매에 넘어간다면 경매 기간 동안 발생하는 이자와 경매비용을 포함해서 최대 1.8억까지 권리 한도를 설정할 수 있대. 설정금액에 1.8억이라고 써 있는 게 그 내용이야. 보통은 투자하는 금액의 1.5배가 기재돼.

❼ 정리해보면

  1. 집 주인은 1.2억이 필요하대.

  2. 만약 잘못되면 최소한 17억을 나눠가질 수 있어.

  3. 1순위로 농협은 최대 5.64억을 받아갈 수 있어.

  4. 2순위로 전세 세입자는 6.3억을 받아갈 수 있어.

5. 5.06억이 남지?

6. 에리 너는 최대 1.8억까지 받아갈 수 있어.

7. 안전하다고 생각해? 그러면 투자하면 돼.

8. 만약 잘못된다면 법원에서 에리 너한테까지 줄 돈 주고 남은 돈은 집 주인에게 귀속돼.

❽ 채권 보전 방법이란 투자자에게 혹시 손해를 입힐만한 항목들이 있는지 검토하는 건데, 이건 투자할 때 다시 설명해 줄게.

❾ 채무자 정보라는 건 이런 정도의 느낌으로 보면 돼.

연봉 6500 직장인 VS 무직
누가 더 안정적일 것 같아?

연봉 6500 직장인 (4대보험 적용, 7년 근속) VS 연봉 6500 프리랜서
누가 더 안정적일 것 같아?

맞벌이 합계연봉 1.4억 (4대보험 적용, 7년 근속) VS 무직부부
누가 더 건실하게 투자금액을 상환할 깃 같아?

그런데 나는 사실 직장 정보는 크게 신경쓰지는 않는 편이야. 대기

업도 갑자기 구조조정을 하기도 하고, 은행도 명퇴가 있고, 갑자기 다치거나, 이직을 하거나, 창업을 하거나, 출산을 하느라 한 명이 일을 그만둘지도 모르는 건데, 그런 여러 변수를 내가 어찌 다 알겠어? 그래서 나는 그냥 담보만 놓고 평가해.

실제로는 이렇게까지 복잡하게 생각하지도 않아.

집 주인이 은행과 에리 너한테 투자금을 상환하다가,

집을 팔면서

은행담보대출 4.45억이랑 전세보증금 6.3억 갚고,

에리 너한테도 투자 원금 1.2억 갚고

남은 돈은 가지실거야.

만약 19억에 팔았다면 7.05억은 남으시겠지.

만약 집이 매물 중 높은 가격인 22억에 팔린다면
은행담보대출 4.45억이랑 전세보증금 6.3억 갚고,

에리 너한테도 원금 1.2억 갚고

약 10억은 가지실거야.

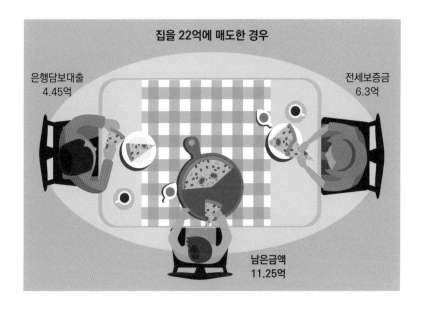

집을 22억에 매도한 경우

은행담보대출
4.45억

전세보증금
6.3억

남은금액
11.25억

에리: 오빠, 나 오빠가 너무 좋다. 생각해보면 옛날에도 오빠가 이유 없이 좋았던 것 같긴 해. 대학 다닐 때 오빠 꼬셔서 오빠랑 결혼했어야 했나봐. 오빠 나도 해보고 싶은데 어떻게 해야 돼요?

B: 이런 매물에 대한 정보를 주는 투자 정보 업체가 있거든? 그 업체에 투자 의향을 밝히면 투자 매물에 대한 정보를 줄 거야. 나도 아까 받은 심사서를 그 투자 정보 업체로부터 주기적으로 받거든.

에리: 오빠 아는 곳 나도 거기서 할래요.

B: 그래. 내가 아는 사람 이름이 고귀한인데 나같은 잔잔바리들도 고귀하게 대접해주는 분이야.

에리: 고귀한… 실명이에요?

B: 응. 실명이야.

에리: 근데 아무리 소개받았다고 해도 처음에는 뭔가 혼자 하기 무서운 걸… 오빠 투자할 때 같이 해볼 수 있어요?

B: 응. 생각해보고 정말 할 거면 연락 줘.

에리: 할게요.

B: 알았어. 그러면 오늘은 당 떨어지니까 여기까지 하고, 좋은 투자 제안 오면 다시 연락할게.

Part.3 실전

제 1 원칙
절대로 돈을 잃지 않는다.

제 2 원칙
제 1 원칙을 절대로
잊지 않는다.

Warren Edward Buffett

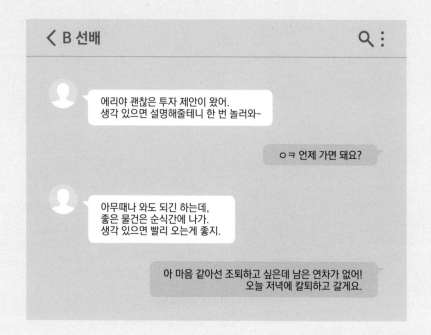

(놀러왔다.)

B: 엄청 빨리 왔네. 밥은 먹었고?

에리: 지금 밥이 중허요? 빨리 매물이나 보여줘요.

B: 급하기는…. 알았어. 일단 지난번에 한 번 살펴보긴 했지만, 복습 한다는 마음으로 다시 한 번 보자.

하이본 파이낸스 ASPL 투자 심사서

고객명	○○○	고객님		투자금	6,000	만원	

담보지 정보	Kb시세가①	118,000	1순위 대출 기관명		전세보증금	2순위 대출 기관명		우리은행
	실거래가	125,000	원금②		61,000	원금③		8,553
	자금용도	가계자금	설정금		61,000	설정금		9,408
	주소		경기도 성남시 수정구 창곡동 567 위례자연앤래미안이편한세상					
	세대수	1540	전용면적(㎡)		75.99	평수		22.99

투자정보	투자금액	6,000	1순위+2순위(원금)	69,553	최근 실거래가(6개월 이내)		
			1순위+2순위(설정)	70,408			
	설정금액	9,000	②+③+④	75,553	월 / 층수	9월 /5층	
			①	118,000			
	월 이자(원)	850,000	담보비율 (LTV)%	64.0	실거래가(만원)	125,000	

KB시세 매매, 전세가액	매매가액(만원)			전세가액(만원)		
	하위평균가	일반평균가	상위평균가	하위평균가	일반평균가	상위평균가
	112,500	118,000	122,500	57,500	61,500	63,500

채권 보전방법	• 국세납부증명원, 지방세납부증명원, 전입세대 열람확인원, 지방세세목별과세증명원, 사실증명원(당해세체납여부확인), 확정일자부여현황 등 • 여신품의서, 대출거래약정서(금전소비대차약정서), 전입세대확인서, 근저당권설정계약서, 전세권설정계약서, 대위변제신청서, 개인신용정보활용동의서, 가등기설정계약서, 기타

채무자 정보	주변여건: 학세권 / 주변 편의시설 多 / 역세권
	채무자 직업/연봉: 공무원 (연봉 5500만 – 4대보험가입 有)
	배우자 직업/연봉: 주부
	기타사항:

❶ 담보물 시세 및 주소 확인 : 경기 성남시 수정구 위례동로 61

네이버 부동산부터 한 번 보자.

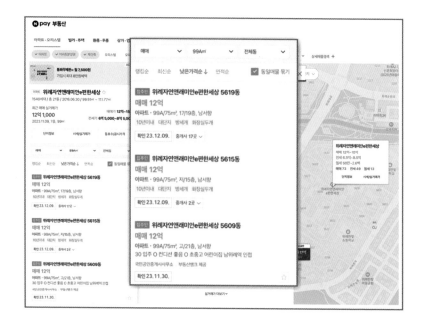

호가 낮은가격 정렬시 급매 12억부터

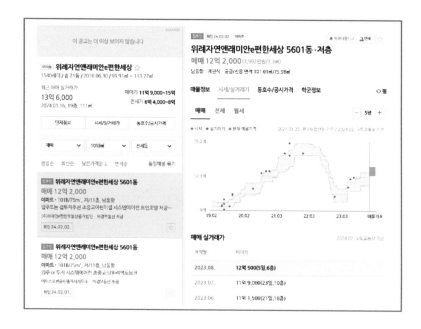

최근 5년간 거래이력 보니 16억까지 갔었네. 12억이면 평균 같네. 그리 무리한 숫자 같지는 않아 보이네.

최근에도 12억대 거래가 두 번이나 있었던 걸 보면 12억이 무리한 금액 같지는 않아. 어떻게 생각해?

에리: 저도 그렇게 생각해요. 12억 정도면 높지도 낮지도 앉은 적정가 같아요.

B: 상태랑 입지도 한 번 보자.

엄청 좋네. 신축 분양 한 지 얼마 안된 아파트라 그런가 정말 좋네. 지상에 주차장이 없고, 차량 통행이 금지된 아파트라 아이들이 놀기에도 안전하고 너무 좋을 것 같다. 내가 살고 싶을 정도네.

지도도 한 번 보자.

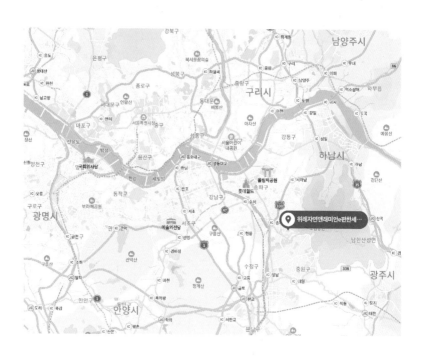

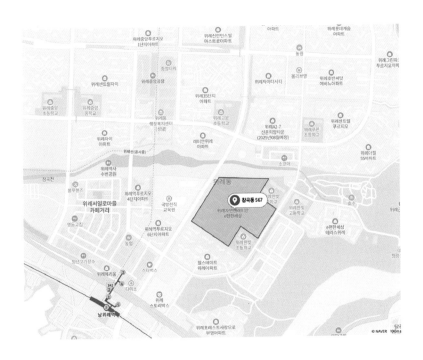

에리: 오빠 나도 여기 알아요. 여기 진짜 좋아요. 친구네 신혼집이 이쪽이라 집들이 간 적 있었는데 정말 너무 부러웠어요! 주소는 성남이지만, 서울이라고 해도 무방할 정도로 가깝고, 주변 환경도 너무 쾌적하고 예뻤어요. 너무너무 살기 좋은 곳 같아요!

B: 그치? 지도로만 봐도 초품아에, 주변에 유해시설도 없고, 녹지도 많고…. 주거지역으로는 모두가 좋아할 만한 곳 같아.

에리: 오빠는 더 좋은데 살잖아요.

B: 에리야 다시 한 번 말하지만 나 세입자야… 나도 개포동 신축을 살 돈은 아직 없단다.

에리: 그거나 그거나 흥! 어쨌든 여기는 너무 좋네요.

❷❸ 담보물 선순위대출 확인

하이본 파이낸스 ASPL 투자 심사서						
고객명	○○○	고객님		투자금	6,000	만원
담보지 정보	Kb시세가① **1**	118,000	1순위 대출 기관명 **2**	전세보증금	2순위 대출 기관명 **3**	우리은행
	실거래가	125,000	원금②	61,000	원금③	8,553
	자금용도	가계자금	설정금	61,000	설정금	9,408
	주소	경기도 성남시 수정구 창곡동 567 위례자연앤래미안이편한세상				
	세대수	1540	전용면적(㎡)	75.99	평수	22.99

선순위 대출을 검토해보자.

이 집 주인은 6.1억에 전세를 줬네.

그리고 후순위로 은행에서 8,553만원을 더 빌리셨네.

이 집을 지금 12억에 판다고 하면 약 7억 정도는 제외하고 5억 정도 남으시겠네.

만약 무슨 일이 발생한다 하더라도 2순위인 우리은행은 9408만원 까지

만 받아갈 수 있으니 여전히 5억 정도는 남으시겠네.

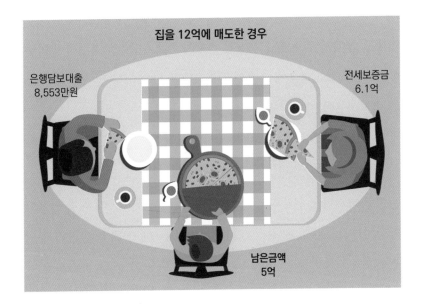

집을 12억에 매도한 경우

은행담보대출
8,553만원

전세보증금
6.1억

남은금액
5억

에리: 그렇겠네요.

❹❺ 투자금액 및 안전마진, 안정성 확인

투자정보	투자금액	6,000	1순위+2순위(원금)	69,553	최근 실거래가(6개월 이내)	
			1순위+2순위(설정)	70,408		
	설정금액	9,000	②+③+④	75,553	월 / 층수	9월 /5층
			①	118,000		
	월 이자(원)	850,000	담보비율(LTV)%	64.0	실거래가(만원)	125,000
5 채무자 정보	주변여건: 학세권 / 주변 편의시설 多 / 역세권					
	채무자 직업/연봉: 공무원 (연봉 5500만 - 4대보험가입 有)					
	배우자 직업/연봉: 주부					
	기타사항:					

부동산 가격이 많이 떨어진다고 가정했을 때 이 집이 2억 원만큼 하락해서 10억에 팔린다고 가정해보자.

그래도 앞에서 검토했던 것처럼 전세보증금 6.1억은 여전히 갚아야 할거고, 최악의 경우에도 은행은 9,408만 원 까지만 받아갈 수 있으니 여전히 3억 정도는 남으시겠네.

집 주인 분은 6,000만 원이 필요하다고 하시는데, 6,000만 원 정도는 투자하더라도 안전하지 않을까? 만에 하나 투자금에 대한 연체가 발생하더라도 3억 원 중 9,000만 원까지는 에리 네가 권리를 법원으로부터 보장받을 수 있어. 괜찮아 보이지 않니?

에리: 오 정말 괜찮아 보이네요. 너무 좋은데요? 오빠는 이런거 여태까지 혼자만 알고 있던거에요?

B: 알려주고 싶어도 내가 I라 친구가 없어서….

에리: 오빠 MBTI 뭔데요?

B: 나 인프피…

에리: …그럴만 하네. 그런데 이 분은 직업이 공무원이라고 되어있는데 투자를 왜 받는거에요?

B: 글쎄, 사실 나도 잘 몰라. 빌리는 분들 보면 이유는 다양하더라고. 갑자기 가족이 아파서 큰 병원비가 들어가기도 하고, 다주택 보유자는 재산세나 종부세 부담이 있는 경우도 있고, 갑자기 다른 세입자가 보증금 빼달라고 해서 급전이 필요한 경우도 있고, 경매에 이미 넘어간 경우 경매를 취하하기 위해 앞의 근저당권자 등에게 상환하기 위해서 급전을 요청하시는 분들도 있고… 어떤 경우에는 큰 금액은 아니더라도 카드값 같은게 연체되면 유지하고 있던 다른 담보대출에 영향을 미쳐서 급하게 정리해야 하는 소액 자금이 필요한 경우도 있고, 주식이나 코인, 해외선물 같은걸 했다가 마진콜 당하기도 하고….

에리: 아… 우리 집에 있는 누구 생각나네…. 😫 😟

B: 어쨌든 이 투자 물건 보고 나니 어떤 것 같아? 난 투자하려 하거든.

에리: 저도 해보고 싶은데… 전 처음이라…. 큰 돈 넣긴 좀 불안해요. 혹시 10,000,000원만 해도 돼요?

B: 그래. 그러면 총 투자금액은 60,000,000원인데, 내가 50,000,000

원을 투자하고, 너는 10,000,000원을 투자하는 거고, 투자수익률은 17%에 월할[43]하면 월 투자 수익은 850,000원 일거고, 너는 그 중 1/6인 141,667원 씩 받게 될거야. ㅇㅋ?

에리: 네! 일단 처음 시작이고 경험이니 고고!

B: 알았어. 그러면 투자 정보 업체에 투자 한다고 얘기해 놓을게! 10,000,000원은 이체할 수 있게 준비해 둬!

에리: 지금 통장에 있긴 있어요. 10,000,000원은 언제 누구한테 보내야 돼요?"

B: 아까 말했던 고귀한이라는 투자 정보 업체 담당자님에게 얘기하면 1차로 서류 검토를 해주시거든. 서류 검토 끝나면 다시 한 번 검토 결과를 설명하기 위해 연락 주실거야. 가까우면 방문해서 설명 들어도 되는데, 난 집 밖에 잘 안나가서 주로 카톡으로 얘기해. 너랑 같이 투자할 이 건을 위해서 단톡방을 하나 파라고 할게! 그때 설명 듣고 법무사님이 채권 보호 조치를 위해 등기까지 하고 나면 그때 입금하게 되는데, 자세한 건 단톡방에서 다시 설명해줄게.

---

43) 연 이자를 월로 나누는 것을 말합니다.

단톡방 입장

‹ B 선배 　　　　　　　　　　 Q ⋮

B 선배
에리야 투자정보업체에서 1차 심사 끝났다고 연락왔어.
단톡방에서 설명해준다고 하는데 초대한다?

네~

‹ 하이본파이낸스 고귀한, B, 에리 　　 Q ⋮

고귀한님이 에리님, B님을 초대했습니다.

하이본 파이낸스 고귀한
안녕하세요. 저는 하이본 파이낸스의 고귀한입니다.
처음 뵙겠습니다. B대표님한테 얘기 많이 들었습니다.
앞으로 잘 부탁드립니다.

안녕하세요. 처음 뵙겠습니다.

하이본 파이낸스 고귀한

네 이번 투자물건에 대한 내용은 B대표님께서
대략적으로 설명해주셨다고 들었습니다.
그래도 혹시 모르니 제가 다시 한 번 설명해
드리도록 하겠습니다.

네 초보라고 생각해 주시고,
혹시 이해가 안되거나 잘 모르는
부분이 있을때 질문을 드려도 되나요?

 하이본 파이낸스 고귀한

네 궁금한 부분이 있으시면 언제든
편하게 내용을 남겨 주셔도 좋습니다.
먼저 투자 희망자의 등기부등본부터 보여드리며
설명드리겠습니다.

하이본 파이낸스 고귀한

주요 등기사항 요약 (참고용)

[주 의 사 항]

본 주요 등기사항 요약은 증명서상에 말소되지 않은 사항을 간략히 요약한 것으로 증명서로서의 기능을 제공하지 않습니다.
실제 권리사항 파악을 위해서는 발급된 증명서를 필히 확인하시기 바랍니다.

[집합건물] 경기도 성남시 수정구 창곡동 567 위례자연앤래미안이편한세상 ▮▮▮▮▮▮▮▮

1. 소유지분현황 (갑구)

등기명의인	(주민)등록번호	최종지분	주 소	순위번호
▮▮ (소유자)	▮▮ ******	단독소유	경기도 ▮▮▮▮▮▮▮▮	2

2. 소유지분을 제외한 소유권에 관한 사항 (갑구)
- 기록사항 없음

3. (근)저당권 및 전세권 등 (을구)

순위번호	등기목적	접수정보	주요등기사항	대상소유자
2	근저당권설정	2016▮▮ 제47▮▮	채권최고액 금1▮▮▮▮▮ 근저당권자 주식▮▮▮▮▮행	▮▮
2-3	근저당권변경	2023▮▮ 제29▮▮	채권최고액 금94▮▮▮▮	
5	근저당권설정	2023▮▮ 제42▮▮	채권최고액 금15▮▮▮▮ 근저당권자 에이▮▮▮▮회사	

[참 고 사 항]

가. 등기기록에서 유효한 지분을 가진 소유자 혹은 공유자 현황을 가나다 순으로 표시합니다.
나. 최종지분은 등기명의인이 가진 최종지분이며, 2개 이상의 순위번호에 지분을 가진 경우 그 지분을 합산하였습니다.
다. 지분이 통분되어 공시된 경우는 전체의 지분을 통분하여 공시한 것입니다.
라. 대상소유자가 명확하지 않은 경우 '확인불가' 로 표시될 수 있습니다. 정확한 권리사항은 등기사항증명서를 확인하시기 바랍니다.

출력일시 : 2024년 03월 03일 11시 30분 41초

1/1

하이본 파이낸스 고귀한

네 먼저 서류의 제일 아래를 보시면
심사일인 오늘 법무사님께서 출력해 검토한
부동산 등기부등본입니다. 부동산 등기부등본 열람,
발급내역은 아래의 주소에서 검증하실 수 있습니다.

하이본 파이낸스 고귀한

핸드폰으로 큐알코드를 촬영해보세요.

 하이본 파이낸스 고귀한

부동산 등기부등본은 정부에서 발급해주는 문서로,
부동산의 주소만 정확하게 알고 있다면 법무사님이
아니더라도 누구나 열람하실 수 있고, 발급 가격도
700원~1000원 수준으로 부담되지 않습니다.
에리 대표님도 지금 즉시 컴퓨터로 대법원 인터넷
등기소에 접속하셔서 열람하실 수 있으니 한 번
확인해보시길 권장드립니다

하이본 파이낸스 ASPL 투자 심사서

고객명	○○○	고객님		투자금	6,000		만원	

담보지 정보	Kb시세가①	118,000	1순위 대출 기관명		전세보증금	2순위 대출 기관명		우리은행
	실거래가	125,000	원금②		61,000	원금③		8,553
	자금용도	가계자금	설정금		61,000	설정금		9,408
	주소		경기도 성남시 수정구 창곡동 567 위례자연앤래미안이편한세상					
	세대수	1540	전용면적(㎡)		75.99	평수		22.99

그 다음 주요 등기사항 요약 내용을 보면 1순위
전세보증금이 6.1억 설정되어 있구요.
2순위에는 8,553만원의 우리은행 대출이 있습니다.
심사서와 동일한 내용이구요. 에리 대표님이
투자하시는 경우 전세보증금과 우리은행에 이어
3순위로 권리를 보호받으실 수 있습니다.
본 물건의 시세는 약 12억 가량이고,
1, 2순위를 모두 최대치로 상환한다 하더라도
안전마진이 5억 정도나 있는 우량한 물건이므로
6,000만원을 투자하셔도 안전하다고 볼 수 있는
물건이라 생각됩니다.

네, 그렇네요.

이렇게 담보가 우량한 물건들은 여러 번 투자를 하신
VIP 투자자님들에 한해서 우선적으로 제안해드리는데,
B 대표님이 에리 대표님이랑 함께 투자하신다고 하셔서
함께 정보를 드립니다.
에리 대표님도 한 번 투자해 보시고, 괜찮으시면
앞으로도 안전하고 수익성있는 투자를 함께 하시면
좋을 것 같습니다.

네 저도 많이 많이 하고 싶네요.
잘 부탁드려요.

 하이본 파이낸스 고귀한

네 그리고 다음으로 확인해 볼 자료는 채무자가 제출한
오늘자 우리은행의 금융거래확인서입니다.
우리은행에서 빌린 채무가 얼마인지에 대해
우리은행에서 확인해 준 서류입니다.

 하이본 파이낸스 고귀한

 하이본 파이낸스 고귀한

혹시라도 우리은행에 더 많은 채무가 있지는 않은지
확인할 수 있는 서류이며, 여신 현황을 보시면 심사서의
내용과 동일한 내용을 확인하실 수 있습니다.
설령 우리은행에 더 많은 채무가 있다고 하더라도,
부동산 등기부등본에 등록되어 있지 않은 채무는
에리님의 투자금에 앞서 권리 보호를 주장하거나,
투자금에 영향을 미칠 수 없으므로 안심하셔도 됩니다.
다음으로는 납세증명서입니다.

하이본 파이낸스 고귀한

국세청

발급번호	납 세 증 명 서	처 리 기 간
		즉시(단, 해외이주용 10일)

납 세 자	상호(법인명)		사업자 등록번호	
	성명(대표자)		주 민 등 록 번 호	
	주소(본 점)			

| 증 명 서 의 사 용 목 적 | ☐ 대금수령   ☐ 해외이주
 ☑ 기 타   ○ 이 주 번 호   제   호
           ○ 이주확인일   년   월   일 |

징수유예 또는 체납처분유예의 내역

(단위 : 원)

유예종류	유 예 기 간	과세기간	세 목	납부기한	세 액	가 산 금
	해	당	없	유		

국세징수법 제6조 및 동법시행령 제6조의 규정에 의하여 발급일 현재 위의 징수유예액 또는 체납처분유예액을 제외하고는 다른 체납액이 없음을 증명합니다.

1. 증명서 유효기간 :
2. 유효기간을 정한 사유 : ☑ 국세징수법시행령 제7조1항
                          ☐ 기 타 (   )

접수번호	
담당부서	
담 당 자	
연 락 처	

월 22 일

세 무 서 장 (인)

국세청

원본대조필

단톡방 입장

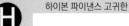

하이본 파이낸스 고귀한

하이본 파이낸스 고귀한

저희는 체납이 있으면 투자하지 않습니다.
간혹 이 체납을 없애기 위해 투자를 요청하는 분들이
있으신데, 그런 경우에는 법무사님께서 투자
희망자들에게 체납 세금 상환 확약서를 받고,
법무사님이 권리 보호 조치 후 최우선적으로 채무를
상환하는 조건으로만 투자합니다. 지방세, 국민연금,
건강보험 등도 체납이 있는 경우 동일하게 상환
조건부로 진행합니다.

법무사님이 중간에서 서류를 작성해주시나요?

하이본 파이낸스 고귀한

네, 맞습니다. **투자자님들의 안전을 위해 법무사님이
서류 원본 검토 후 투자자님들의 권리 보호를 위해
근저당을 설정**합니다.
그 이후에 투자금이 집행되어야 투자자님들이 권리를
안전하게 보호받을 수 있습니다.

확실히 법무사님이 계시니 훨씬 든든한 느낌이 드네요.

하이본 파이낸스 고귀한

네 법무사님도 전국에서 물건이 접수되는데,
저희와는 오래 일하기도 하셨고, 저희가 다른 그
무엇보다도 투자자님들의 안전이 최우선이라
생각하다보니 법무사님께서 항상 투자가 이루어지는
현장에 직접 방문해 면밀한 검토를 진행하십니다.
건설 현장에서 무엇보다 안전이 최우선인것처럼
투자를 할 때도 안전이 그 무엇보다 최우선이라는게
저희의 신념입니다.
다음은 주소지 확인과 소득내역 확인입니다.

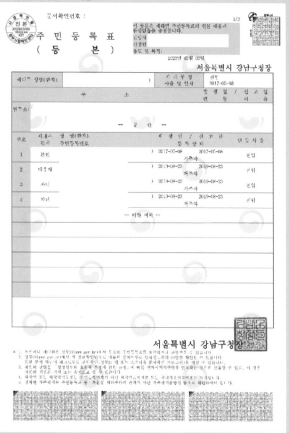

하이본 파이낸스 고귀한

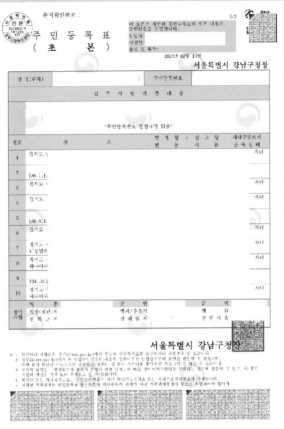

 하이본 파이낸스 고귀한

은행에서 금융 거래를 해보신 적이 있다면 아시겠지만,
신분증 및 거주내역 관련 서류도 필수적으로 징구하여
투자 금액 보호를 위해 만반의 준비를 다합니다.

하이본 파이낸스 고귀한

국세청
nts.go.kr

발급번호	소 득 금 액 증 명 (2021년 귀속)	처리기간
		즉 시

주 소	서울특별시 강남구 ****
성 명		주민등록번호

◇ 종합소득세 신고(결정·경정) 현황
(단위 : 원)

구 분	종합과세							분리 과세	총 결정세액
	이자	배당	사업	근로	연금	기타	합계		
수입금액									
소득금액									

◇ 연말정산(지급명세서 제출) 현황
(단위 : 원)

구 분	소득 발생처		지급받은 총 액	소득금액	총 결정세액	비고
	법인명(상호)	사업자등록번호				(연말정산)
근로소득						
사업소득						
연금소득						
종교인소득						

국세청

 하이본 파이낸스 고귀한

소득 내역도 투자 실행일 기준으로 한 번 점검해보는게
좋습니다. 투자를 요청하시는 분들이 안정된 직업이
있을수록 투자 수익을 꾸준히 상환하실 수 있거든요.
사실 담보가 우량하기에 별다른 걱정이 없긴 하지만,
이 분은 오늘까지도 공무원으로 재직하고 있어
꾸준하고 안정적인 현금흐름이 예상됩니다.
담보물도 훌륭하고,
상환 능력도 우수한 투자건입니다.

그렇네요. 그러면 어떻게 하면 되나요?

하이본 파이낸스 고귀한

지금까지 서류 검토한 내역을 보여드렸는데,
투자 확정이라면,
투자 요청하시는 분과 계약서 작성을 진행할까요?

언제까지 결정 해야해요?

하이본 파이낸스 고귀한

투자 희망자들은 자금 사정이 급한 경우가 많아
관련 서류는 모두 준비되어 있습니다.
아마 다른 곳에도 투자 심사 신청을 했을지도 모르는데,
만약 다른 곳에서 먼저 자금을 융통한다면 본
심사내역은 사용할 수 없고,
다른 새로운 매물을 찾아봐야 합니다.

오빠는 어떻게 할 거에요?

B

너 하면 하고

저 안하면요?

B

너 안하면 내가 6000 다 하고

아 뭐야 정말~ 그러면 저도 할게요.

하이본 파이낸스 고귀한

예 그러면 두 분 모두 투자 확정하신 것으로 알고
법무사님과 투자 희망자와 계약서 작성 일정
조율 진행하겠습니다.

넵

•   에리는 첫 투자를 결정하고 기다리는 동안 설렘과 불안이 교차하는 복합적인 감정에 휩싸였다. 아직 에리 부부의 자산으로는 위례에 집을 구입하는 것은 꿈도 못 꾸던 일이었지만, 이제는 일부분이라도 위례신도시 아파트 등기부등본에 이름이 올라갈 예정이었다.

하이본 파이낸스 고귀한

대표님들 안녕하세요. 법무사님께서 투자 희망자를 만나 서류를 작성하셨다고 하네요.
자필서명이 완료된 서류를 올려드리며 하나하나 설명드리도록 하겠습니다.

넵

하이본 파이낸스 고귀한

회원번호

대부거래 표준계약서

본인 등은 아래의 대부거래 계약에 대하여 별첨 대부거래 표준약관을 숙지하고 성실히 이행하 겠습니다.(굵은 선 부분은 채무자가 자필로 기재합니다)

- 계 약 내 용 -

대부업자	상호또는성명		㉑	TEL	
	사업자등록번호				
	대부업등록번호				
	주 소				
채 무 자	성 명		㉑	TEL	
	생년월일(성별)				
	주 소				
보증인	성 명		㉑	TEL	
	생년월일(성별)				
	주 소				
	보증채무내용	계약일자			
		보증기간			
		보증채무최고금액			
		연대보증여부			

대 부 금 액	금		원정(₩	)

- 신규계약: 채무자가 실제 수령한 금액
연장계약: 잔존 채무잔액
추가대출계약: 기 대출금액 + 채무자가 추가로 실제 수령한 금액

이 자 율	월이율	%	연체이율	월이율	%
	연이율	%		연이율	%

※ 현행 대부업 등의 등록 및 금융이용자 보호에 관한 법률에 따른 최고이자율은 연____%입니다.
※ 이자계산방법 예시)
(대부잔액×연 이자율÷365(윤년의 경우 366))×이용일 수
(대부잔액×연 이자율÷12)×거래개월 수

계약연장(대부일자)	
대부기간 만료일	
분 할 상 환 일	
이자율의 세부내역	
은행계좌번호	
변 제 방 법	1. 대출금의 상환 및 이자의 지급은 은행송금(채권자 입금계좌)등 당사자가 약정한 방법에 의한다. 2. 대출금의 상환 및 이자의 지급은 비용, 이자, 원금순으로 충당한다.
조기상환조건 (중도상환수수료율)	
부대비용의 내용 및 금액	
채무 및 보증채무 증명서 교부비용	
채무 및 보증채무 증명서 발급대상	채무 및 보증채무 증명서 발급기한

※ 채무자는 다음 사항을 읽고 본인의 의사를 사실에 근거하여 자필로 기재하여 주십시오.
(기재예시 : 1. 수령함, 2. 들었음 3. 들었음)

1. 위 계약서 및 대부거래표준약관을 확실히 수령하였습니까?	
2. 위 계약서 및 대부거래표준약관의 중요한 내용에 대하여 설명을 들었습니까?	
3. 중개수수료를 채무자로부터 받는 것이 불법이라는 설명을 들었습니까?	

하이본 파이낸스 고귀한

저희는 대부업법에 의해 관리감독을 받으며, 관련 법령을 준수하며 영업을 하고 있으므로 대부거래 표준계약서를 이용해 투자를 진행합니다.

134

하이본 파이낸스 고귀한

1. B대표님의 법인을 투자 주체로 작성한 투자
   계약서이므로 "갑 : 대부업자"에는 B대표님 회사의
   등록번호 및 주소가 기재되어 있습니다.

2. "을 : 채무자" 란에는 투자를 받으시는 분의 정보가
   자필로 기재되어 있으며, 인감 도장이 날인되어
   있습니다. 법무사님이 투자 희망자와 함께 시청,
   구청, 군청, 행정복지센터, 주민센터, 동사무소
   등에서 직접 지문을 날인하고 발급받은 인감
   증명서도 뒤에 첨부되어 있습니다.
   보증인은 별도로 없습니다.
   왜냐하면, 투자 희망자님께서 아파트를 담보로 제공
   하였기 때문입니다.

3. 투자하신 금액과 매월 입금받을 투자수익에 대한
   이자율이 기재되어 있습니다.

4. 투자기간과 매월 투자수익 상환일자, B대표님께서
   투자수익을 입금받으실 계좌가 기재되어 있습니다.

5. 만기일시상환 / 원리금균등상환 등의 조건이
   기재되어 있습니다. 만기일시상환을 선택하는
   경우에는 매월 이자만 납부하다가 투자기간 종료
   시점에 원금과 잔여이자를 전액 상환하게 되고,
   원리금 균등상환을 선택하는 경우에는 매월 이자와
   원금을 상환계획표에 근거하여 상환하게 됩니다.
   중도에 투자계약을 종료하고자 하는 경우 양자간
   약정된 중도상환수수료가 발생됩니다.

첫 투자 집행

하이본 파이낸스 고귀한

은행이랑 똑같네요.

 하이본 파이낸스 고귀한

예 은행과 같습니다. 1인 은행이라고 보시면 되세요.

마지막에 기한의 이익 상실이라고
써있는 건 뭔가요?

 하이본 파이낸스 고귀한

약정된 투자수익을 납입하지 않거나,
계약을 어기는 경우를 말합니다.
기한의 이익이 상실되면 이자율이 올라갈 수 있고,
투자자분께서 원하시면 법원을 통해 경매 등 채권 보전
조치를 할 수도 있습니다.

아… 연체나 신용불량 같은 거군요.

하이본 파이낸스 고귀한

예 맞습니다.
저희도 은행과 같은 법률과 규제를 적용받습니다.
기한의 이익 상실 요건은 아래에서 좀 더 자세히
확인하실 수 있습니다.

하이본 파이낸스 고귀한

확 약 서

1. 본인은 귀사에 담보를 제공하여 금전을 차용하면서 신용조회 상의 신용대출와 다른 우발채무(압류, 가압류 통지를 받은 사실)는 없으며 귀사의 근저당설정 기일보다 빠른
기일에 발생된 우발채무(압류,가압류 통지 받은 사실)에 대해서는 귀사를 기만하고 대출을 신청한 것으로 간주하여 민.형사상의 어떠한 처벌도 감수 할 것을 확약합니다.

2. 기한의 이익 상실조건
   1) 2개월(60일) 이자납입이 안될시
   2) 열흘일이상 연락 두절 될 경우
   3) 필수서류 미제출시 (매도서류 미제출시(가등기조건, 3개월에 1회))
   4) 자서일 이후 담보 부동산의 전입세대 명의 변경되었을 때 익일
   5) 대출금 이자 납입시 정해진 월 납입금을 전체 입금하지 아니하고 일부만 입금하여 정상적인 대출거래라고 보기가 어려운 경우 (2회이상 부족한 금액만 입금시)

3. 본 대출과 관련하여 채무자는 채권자에게 공관을 보충할 수 있는 권한을 위임합니다. (주소 질권, 대위변제 계약서 . 대위변제 승낙서 등)

4. 담보대출을 진행함에 있어 설정비용을 제외한 일체의 수수료를 지급하지 않음을 확인합니다.

5. 상환은 최소 3일전에 미리 연락줄 것을 확인합니다.

6. 고객은 필수서류 발급과 발송에 적극 협조하며 추가 서류 필요시 2일 이내 채권자에게 제출합니다.

7. 본인은 담보를 제공하고 금원을 대출함에 있어 채권자(   ) 명의로
    저당권설정   권설정 □기타 (   )등기에 동의합니다.

위 확약인 :
생년월일 :

하이본 파이낸스 고귀한

투자 희망자가 2개월 간 투자 수익금 상환을
연체하거나, 연락이 닿지 않는 경우,
다른 곳에 의해 압류 등이 발생하는 경우 등
투자금에 영향을 미치는 사건을 알게 되었을 때 기한의
이익 상실통지를 하고 투자금 상환을 위한 채권 보전
절차를 진행하게 됩니다.

혹시 기한의 이익 상실 통지나
채권 보전 절차는 제가 해야 하나요?

하이본 파이낸스 고귀한

만약 기한의 이익이 상실되는 경우가 발생한다면
투자자님께서 투자금과 투자수익을 모두 상환 받으실
때까지 법무사님과 저희 하이본 파이낸스가 채권
회수 절차의 처음부터 끝까지 도움 드립니다.
근저당 채권 회수 절차는 법원 경매계를 통해
진행되며, 채무자 보호를 위해 관련 서류를
검토하느라 시간은 조금 걸릴 수 있습니다만,
담보가치가 탄탄한 ASPL 근저당 채권은
반드시 회수됩니다

좋네요. 혹시 또 알아야 할 것들이 있나요?

하이본 파이낸스 고귀한

가장 중요한 내용이 있는데 전입세대확인서와
확정일자 부여현황입니다.

하이본 파이낸스 고귀한

전입세대 열람 내역(동거인포함)

통장기관 : 경기도 파주시 문정3동				출력일시 :	2023년 1월 5일 11:10:19
신청주소 : 경기도 파주시 동패로 117,　　(동패동)				출 력 자 :	한유라
				페 이 지 :	1

순 번	세대주성명	전입일자	등록구분	최초전입자	전입일자	등록구분	동거인	순번	동거인사항 성 명	전입일자	등록구분
		주　소									
1	(庚炳라)	2013-05-31	거주자		2013-05-31	거주자					
	경기도 파주시 동패로 117,　(동패동,한별마을2단지 문정백산물입아파트)										

- 이하여백 -

전입세대 열람 내역(동거인포함)

통장기관 : 경기도 파주시 문정3동				출력일시 :	2023년 1월 5일 11:10:26
신청주소 : 경기도 파주시 동패로 200-1				출 력 자 :	한유라
				페 이 지 :	1

순 번	세대주성명	전입일자	등록구분	최초전입자	전입일자	등록구분	동거인	순번	동거인사항 성 명	전입일자	등록구분
		주　소									
			해당주소의 세대주가 존재하지 않음.								

- 이하여백 -

하이본 파이낸스 고귀한

확정일자 부여현황(일반)

임대차 목적물 : 경기도 파주시 동패로 117

2023.01.05 11:15:47 현재 위 임대차 목적물에 대하여 부여된 확정일자가 없습니다.

경기도 파주시 문정3동 장　(직인)

1. 이 확정일자는 2014년 1월 1일 이후에 부여된 확정일자 신청분 또는 정보제공 요청분에 한하며, 그 이전의 확정일자는 동기소 또는 읍면동주민센터에서 부여받을 수 있습니다. 이는 확정일자가 부여되지 않았거나 기록이 존재하지 않음을 의미하는 것은 아닙니다.
2. 확정일자부에 기재된 임대차계약서상 임대차 목적물 표시와 동기기록상 부동산의 표시가 다른 경우에는 계약서상 표시를 기준으로 정보를 제공합니다.
3. 해당 주택에 임차인마다 확정일자를 부여하고 있는 사항은 이 현황에 나타나지 않을 경우를 유의하시기 바랍니다.

1/1

첫 투자 집행

하이본 파이낸스 고귀한

확정일자 부여현황(일반)

임대차 목적물 : 경기도 파주시 통패동 200 -1

2023.01.05 11:14:13 현재 위 임대차 목적물에 대하여 부여된 확정일자가 없습니다.

경기도 파주시 문산3동 장 [직인]

1. 이 현황은 현재로 1월 1일 이후에 부여받은 확정일자번호·확정일자·임대차계약서상의 임차보증금 등을 표시합니다.
2. 확정일자는 임대차계약서상 임대차 목적물 표시난에 동가기재상 부동산의 표시가 다른 경우에는 계약을 시의 표시를 기준으로 정보를 제공합니다.
3. 해당 주택의 임차인이지만 확정일자를 부여받지 않은 사람은 이 현황에 나타나지 않음을 유의하시기 바랍니다.

1/1

보내주신 파일은 보이는데,
왜 같은 파일을 두 개씩 보내주세요?

하이본 파이낸스 고귀한

자세히 보시면 다른 부분이 있습니다.

뭐가 다른거죠?

하이본 파이낸스 고귀한

주소지가 다릅니다.

도로명이냐, 지번이냐 정도의 차이 아닌가요?
네이버에 쳐보니 같은 주소로 나오는데요.

하이본 파이낸스 고귀한

저희는 투자금 실행일에 법무사님께서 투자 희망자와
함께 시청, 구청, 군청, 행정복지센터, 주민센터,
동사무소를 방문하여 확정일자 부여현황과
전입세대확인서를 검토합니다.
이 서류를 확인할때는 반드시 지번주소와
도로명주소로 각각 발급받아야만 합니다.
간혹 혼자서 ASPL투자를 하시는 분들이 지번주소나
도로명주소 중 하나의 확정일자부여현황이나
전입세대확인서만 검토하고 투자했다가 투자금을
보호 받지 못하는 경우들이 간혹 있습니다.
이 서류는 매우 중요하므로 책임감있는
법무사님께서 동행하셔서 확인하는게
매우 중요합니다. 아래의 페이지에서 온라인으로
문서의 진위여부는 확인이 가능하지만,
확실하게 서류 발급하는 장면을 확인하길
원하시면 에리 대표님도 한 번 같이 가셔서
계약 현장을 참관하셔도 됩니다.

핸드폰으로 큐알코드를 촬영해보세요.

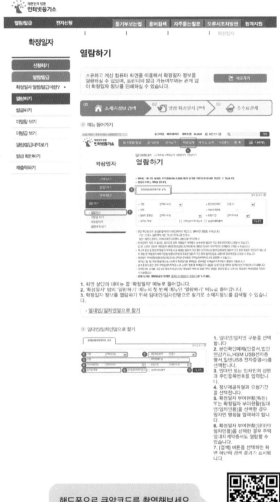

확정일자

열람하기

소유하고 계산 컴퓨터 화면을 이용해서 확정일자 정보를 열람하실 수 있으므로, 프린터의 발급 가능여부와는 관계 없이 확정일자 정보를 인쇄하실 수 있습니다.

01 소재지정보 검색 > 02 열람 확인/결제 선택 > 03 수수료결제

1. 화면 상단의 대머 뉴 중 '확정일자 메뉴로 들어갑니다.
2. '확정일자' 탭의 '열람하기' 메뉴 피 첫 번째 메뉴인 '열람하기' 메뉴로 들어갑니다.
3. 확정일자 정보를 열람하기 위해 임대 인/임차인명으로 찾기로 소재지정보를 검색할 수 있습니다.

· 임대입/일차연명으로 찾기

1. 임대인/임차연 구분을 선택합니다.
2. 본인확인매체(인증서,법인 연감카드,HSM USB전자증명서,일반USB 전자증명서)를 선택합니다.
3. 임대인 또는 임차인의 성명 과 주민등록번호를 입력합니다.
4. 정보제공유효기간 또는 요청기간을 선택합니다.
5. 확정일자 부여현황(특정) 또는 확정일자 부여현황(임대인/임차인용)을 선택한 경우 임차인 명칭을 입력해야 합니다.
6. 확정일자 부여현황(임대인/임차인용)을 선택한 경우 주택임대차계약증서도 열람할 수 있습니다.
7. [검색] 버튼을 선택하면 화면 하나에 검색 결과가 표시됩니다.

핸드폰으로 큐알코드를 촬영해보세요.

음… B 오빠는 갈 예정이에요?

B

난 예전에는 몇 번 가봤는데, 최근엔 안가.
법무사님께서 잘 검토해 주시기도 하고,
인터넷으로도 서류를 확인할 수 있으니까.

그렇구낭…
그러면 혹시 또 알아야 하는 내용이 있나요?

하이본 파이낸스 고귀한

이 투자건과 다르게 전세를 주지 않고 본인이
거주하고 있거나,
직계 가족이 무상으로 거주하고 있는 경우,
투자 희망자가 근로자가 아니라 사업자이거나,
프리랜서이거나, 무직인 경우 등에 따라 검토해야 할
서류가 조금씩 다르긴 한데,
지금 말씀드린 내용은 ASPL투자에 공통적으로
적용되는, 반드시 알고 계셔야 할 핵심적인 내용입니다.

B

맞아. 이 정도 알고 투자하면 돼.

하이본 파이낸스 고귀한

혹시 더 문의하실 내용 있으시면 문의 남겨 주시고,
문의사항이 없으시면 법무사님께 투자자님들의 승인이
완료되었다고 말씀드려도 될까요?

넵

하이본 파이낸스 고귀한

네 알겠습니다.
그러면 법무사님께 등기소로 출발해 권리 보호 조치를
진행해달라고 말씀드리겠습니다.
등기소에서 두 분의 권리 보호 조치가 완료되면 투자금
송금을 요청드리겠습니다.

B

감사합니다.

감사합니다.

Summary & Tip

계약서를 작성한 뒤, 당일의 전입세대확인서와
• 확정일자 부여현황을 확인해보세요.
도로명 주소와 지번주소로 발급된 전입세대 확인서와 확정일자부여현황을
• 검토할 때 서류 발급 시각, 진위여부를 확인하시고 근저당권 설정이 완료된
뒤 투자금을 송금하세요.

하이본 파이낸스 고귀한

대표님들 투자금 보전을 위한 근저당권 설정 등기 접수증이 나왔습니다.
에리 대표님 첫 투자 축하드립니다.

 하이본 파이낸스 고귀한

접 수 증

1. 접수년월일과 접수번호 :

2. 부동산의 표시 :

3. 등기의 목적 : 근저당권설정

4. 신청인
   성명(명칭) :
   성명(명칭) :

5. 대리인
   성명(명칭) : 법무사

6. 담당계 : 등기4계

위와 같이 등기신청서를 접수하였으므로 이 접수증을 교부합니다.

서울북부지방법원 등기국

 B

네 잠시만요.
에리야. 너도 여기 접속해서 한 번 확인해봐.
대법원 인터넷 등기소에서 등기접수여부와 진행상황을 확인할 수 있어.

B

핸드폰으로 큐알코드를 촬영해보세요.

B

확인 완료했습니다.
투자 희망자가 송금받길 희망하는 계좌가
이 계좌가 맞나요?

B

KB종합통장-저축예금

○○○님

계좌번호   **218-21-0862**
결산일   결산일 2,5,8,11월 제2금요일
신규가입일   2000.01.28
계좌관리점   용인종합금융센터
문의전화   031-336-0236

 KB 국민은행

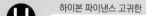

하이본 파이낸스 고귀한

네 맞습니다. B대표님은 5,000만원,
에리 대표님은 1,000만 원을
위 계좌로 송금 부탁드립니다.

B

이체 완료요.

저도 천만원 보냈어요.

하이본 파이낸스 고귀한

감사합니다.
실물 원본 서류 취합해 B 대표님 평소 보내드리던
곳으로 보내드리겠습니다.

B

에리야 고생 많았어. 서류 원본 받으면 연락할게~

네~

H 하이본 파이낸스 고귀한

감사합니다.
그리고 본 중개건에 대한 보수
OOO원은 아래의 계좌로 부탁드립니다.

H 하이본 파이낸스 고귀한

KB ✳b

(주)하이본 파이낸스님

예금종류	ONE KB 사업자통장-보통예금
계좌번호	

B

네 보내드렸습니다.
평소처럼 세금계산서 발행 부탁드립니다.

< B 선배　　　　　　　　　　Q :

> 에리야 서류 원본 왔어. 한 번 확인하러 와~
> 그리고 첫 달 투자 수익도 들어왔으니
> 계좌번호도 보내주고~"

넹 오늘 저녁에 갈게요.
계좌번호는 농협 302-0111-6111-01 여기요.

> ㅇㅋ 141,667원 보냈다~

오옹 진짜 신기하네 이따 치맥 살게요!

> 나 통풍 환자라 맥주는 못해. 치킨만 받을게

(치킨집에서)

에리: 오빠! 덕분에 이렇게 좋은거 알게 돼서 그래도 한 달에 점심값은 번 거 같아요! 고마워요.

B: 응. 잘됐네. 앞으로 기회 되면 또 투자해 봐. 도움 좀 될거야.

에리: 혹시 또 좋은 거 없어요?

B: 투자 요청하는 건 계속 나오지. 그런데 너 돈 있어? 지난번 천 만 원도 세입자 보증금으로 투자한 거 아니었어?

에리: 에이 아니에요. 좀 더 있어요~. 요새 어디 놀러갈 수 있는 분위 기도 아니고 해서 차를 탈 일이 거의 없더라구요. 자동차세랑 보험 료랑 기름값만 먹는 차를 내놨는데, 마침 며칠 전에 나갔어요. 그리 고 직장에서 이번에 마통을 만들 수 있다고 공지가 나왔는데, 특판 금리로 3,000만 원 정도 열어 준다고 하더라구요. 차 판 돈이랑 합 치면 이번에는 한 5,000만 원 정도 될 것 같아서 그 돈으로 투자 해 보고 싶어요! 그러면 한 달에 한 70만 원 이상 나오겠죠?

B: 응 맞아. 그러면 내일 하이본 파이낸스에 메세지 보내서 투자 매 물 달라고 해볼게.

에리: 그런데 오빠! 저 지난번에 투자하면서 마지막에 궁금한 게 있 었어요. 지난번에 오빠 중개 수수료 냈잖아요. 원래 내는 거예요?

B: 너 지산 임차 맞출 때 공인중개사한테 대략 한 달 치 중개 수수료 내잖아? 그거랑 비슷한 거야.

에리: 중개 보수도 합법이에요?

B: 응. 당연하지. 이쪽은 법 지켜가며 해야 돼. 은행들을 1금융권이라 부르지? 은행들은 은행법에 의해 일을 하거든. 그 아래 2금융권인 저축은행, 상호금융, 농협, 축협, 수협, 새마을금고, 카드사, 보험사, 캐피탈 등등도 해당 감독기관들의 법률과 규정이 있어. 내가 하고 있는 3금융권인 금전임대업, 대부업도 대부업법을 지키며 해야 해.

혹시라도 법 안 지킬거면 하지마. 나는 겁이 많은 사람이라 새로운 사람을 사귀는 것도 어려워 하는 거 알잖아. 겁 많은 내가 불법적인 요소가 있으면 아예 하질 않았어.”

에리: 그렇구나. 알겠어요! 그러면 내일 투자매물 나오면 또 톡방에서 얘기해요!

누군가에겐 높은
1금융의 벽

하이본 파이낸스 고귀한

대표님들 안녕하세요.
법무사님께서 투자 희망자를 만나 서류를
작성하셨다고 하네요.
자필서명이 완료된 서류를 올려드리며
하나하나 설명드리도록 하겠습니다.

넵

하이본 파이낸스 고귀한

하이본 파이낸스 고귀한

하이본 파이낸스 ASPL 투자 심사서

고객명	○○○ 고객님		투자금	5,000	만원	금리	17%
						중도	3%

담보물 정보	KB시세가①	47,000	1순위 대출 기관명	하나은행	2순위 대출 기관명	
	실거래가	48,500	원금②	20,433	원금③	
	자금용도	사업자금	설정금	23,540	설정금	
	주소		경기도 안산시 단원구 와동 885 천년가리더스카이			
	세대수	449	전용면적(㎡)	74.98	평수	22.68

투자정보	투자금액	5,000	1순위+2순위(원금)	20,433	최근 실거래가(6개월 이내)	
			1순위+2순위(설정)	23,540		
	설정금액	7,500	②+③+④	25,433	월 / 층수	5월 / 33층
			①	47,000		
	월 이자(원)	708,333	담보비율 (LTV)%	54.1	실거래가(만원)	48,500

KB시세 매매, 전세가액	매매가액(만원)			전세가액(만원)		
	하위평균가	일반평균가	상위평균가	하위평균가	일반평균가	상위평균가
	44,000	47,000	48,000	34,000	36,000	37,500

채권 보전방법	• 국세납부증명원, 지방세납부증명원, 전입세대 열람확인원, 지방세목별과세증명원, 사실증명원(당해세체납여부확인), 확정일자부여현황 등 • 여신품의서, 대출거래약정서(금전소비대차약정서), 전입세대확인서, 근저당권설정계약서, 전세권설정계약서, 대위변제신청서, 개인신용정보활용동의서, 가동기설정계약서, 기타

채무자 정보	주변여건: 와동 조회수 1위 / 학세권 / 주변 공원 多 / 편의시설 多
	채무자 직업/연봉: 개인사업자(건설현장) / 월1000이상(소득증빙가능)
	배우자 직업/연봉: 직장인 / 연3500~4000 / 4대보험 有
	기타사항: 외국인(중국인), F4비자 국내거소증, 한국어 잘하서서 의사소통 문제 X

 하이본 파이낸스 고귀한

최근에 지어진 주상복합 아파트입니다.
경기도입니다.
담보가치가 높은 매물입니다.

 B

잠시만요. 시세 좀 확인해 보겠습니다.

입주장 지나고 나서 거래가 없었네요.
잠깐 전세가 좀 확인해 볼게요.

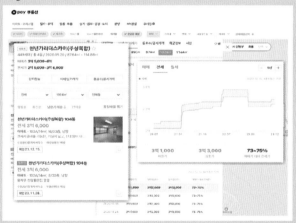

B

전세는 거의 3.2억에 맞춰지고 있네요.

하이본 파이낸스 고귀한

네 맞습니다 대표님.
아무래도 신축 아파트다 보니 거주 만족도가 높아
그런지 최근 거래는 없습니다.
대신 전세로 들어오고자 하는 사람들이 많습니다.
네이버에 등록된 전세 매물 현황을 보시면 아시겠지만
전세 호가는 3.6억 하나 뿐입니다.

하이본 파이낸스 고귀한

하이본 파이낸스 ASPL 투자 심사서

| 고객명 | ○○○ | 고객님 | | 투자금 | 5,000 | 만원 | 금리 | 17% |
| | | | | | | | 중도 | 3% |

담보지 정보	KB시세가①	47,000	1순위 대출 기관명	하나은행	2순위 대출 기관명		
	실거래가	48,500	원금②	20,433	원금③		
	자금용도	사업자금	설정금	23,540	설정금		
	주소		경기도 안산시 단원구 와동 885 천년가리더스카이				
	세대수	449	전용면적(㎡)	74.98	평수	22.68	

하이본 파이낸스 고귀한

대표님을 위해 다시 한 번 심사서를 보며
설명드리겠습니다. 1순위로 하나은행에서 2억 가량을
빌려줬습니다. 채권최고액은 2.35억까지 설정되어
있어 만약 이 투자건이 하나은행에 의해 경매가 진행
된다면 1순위인 하나은행이 2.35억까지 최우선
변제를 받게 됩니다. 만약 대표님께서 5,000만원을
투자하시고, 7,500만원에 대한 권리 보호 장치를
설정해둔다고 가정해보겠습니다. 경매 낙찰 결과 지금
현재 전세로 거래되고 있는 3.2억 수준에 낙찰된다고
하더라도 하나은행에게 최대 2.35억을 우선 변제하고,
최대 7500만원을 대표님께 지급해도 돈이 남습니다.
남은 돈은 원래 아파트의 소유주였던 투자 희망자에게
분배됩니다.

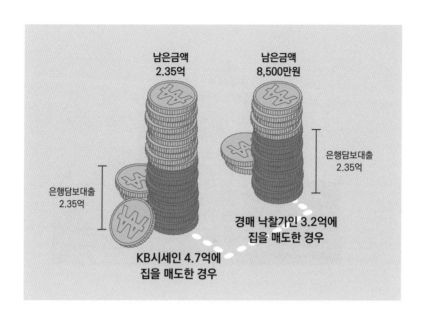

남은금액
2.35억

남은금액
8,500만원

은행담보대출
2.35억

은행담보대출
2.35억

KB시세인 4.7억에
집을 매도한 경우

경매 낙찰가인 3.2억에
집을 매도한 경우

B

네 알겠습니다.
그런데 채무자 정보를 보니 외국인이네요?

하이본 파이낸스 고귀한

네 맞습니다 대표님. 이 분이 한국에서 건축 현장에서
사업을 오래 하시고, 열심히 번 돈으로 신축 주상복합
아파트도 분양 받으셨는데, 아무래도 외국인이다보니
급할 때 자금 융통하는게 한국인들보다는 조금 제약이
있으신 것 같더라구요. 요새 원자재 가격 동향도
그렇고, 금리도 높은 편이라 건설 경기가 좋지 않아
현장들이 어려움을 겪는 경우가 있다고 합니다.
그러다보니 이 분도 급전이 필요하신데 도통 구해지지
않는지 신축 주상복합 아파트를 담보로 투자 요청을
하셨습니다.

B

B

네 알겠습니다. 로드뷰로 봤는데, 깔끔하네요.

 하이본 파이낸스 고귀한

B

내부는 못봤지만,
초신축에 주상복합이니 살기는 좋을거고,
지도를 보니 영동고속도로랑 서해안고속도로
진출입도 편해서 서울이나 인천 가기도 좋아보이고
남부 내려가기도 좋아 보이네요.

하이본 파이낸스 고귀한

네 맞습니다. 지도에서 보시면 아시겠지만,
도로 교통 뿐 아니라 주변에 4호선, 서해선이 있습니다.
그리고 곧 개통하는 신안산선 성포역도 가깝습니다.
신안산선 성포역에서는 여의도까지 30분 정도면 갈 수
있다고 하네요.

하이본 파이낸스 고귀한

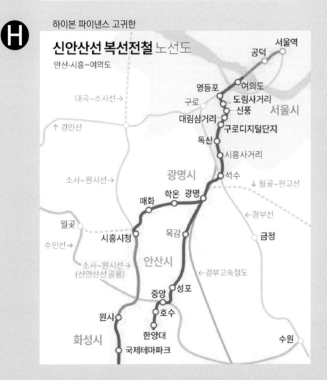

B

신안산선이면 서울 수도권 서남부에 GTX급으로 기대가 많은 노선 중 하나죠.
여차하면 제가 살아도 될 것 같아요.
괜찮아 보이는데… 에리 대표님 투자하시겠어요?

좋아 보이긴 하는데…
외국인도 괜찮나요?

하이본 파이낸스 고귀한

네 최근에 외국인이 점점 집을 많이 사고 있고,
앞으로는 외국인 주택 보유율이 더 높아질 거라고
합니다. 강남, 서초, 잠실이나 여의도, 용산의 고급
아파트도 외국인이 소유하고 있는 경우가 꽤 많구요.
영등포구나 동작구에도 한국에서 자영업으로 돈을
벌어 아파트를 구매하신 외국인 분들이 많습니다.
그 분들도 결국 자금이 필요할 때가 있기 마련이고,
그 때는 한국의 법률과 한국 금융기관의 심사 기준에
따라 금융 상품을 이용할 수 있습니다.
다만, 1금융권의 문턱이 좀 높긴 하죠.
에리 대표님도 해외에 나가면 그 나라의 법률과 규제를
적용받는 것 처럼요.

아… 저도 교환학생이랑 워킹 홀리데이를 갔던 적이
있는데 계좌만 간신히 만들었지 대출은 꿈도 못꿔
봤어요. 은행 가서 손짓 발짓 하며 말하는 것 자체가
어렵더라구요. 그래도 혹시 다른 투자건은 없나요?
처음인데 외국인이 왠지 모르게 조금 무서워서요.

B

에리야, 너 안할거면 혹시 이 투자건은 내가 해도 돼?

160

네 그래요.

B

ㅇㅋ 고대표님 이건 제가 할게요! 에리 대표한테는
추천해 주실만한 다른 물건이 있으신가요?

하이본 파이낸스 고귀한

네. 또 있습니다. 이 분은 젊은 여성분인데,
공기업을 다니는 직장인이세요

하이본 파이낸스 고귀한

하이본 파이낸스 ASPL 투자 심사서

고객명	○○○	고객님		투자금	4,000	만원	금리	17%
							중도	3%

담보지 정보	KB시세가①	25,000	1순위 대출 기관명	농협은행	2순위 대출 기관명	
	실거래가	25,300	원금②	15,011	원금③	
	자금용도	대환, 가계자금	설정금	17,640	설정금	
	주소		전라남도 목포시 대성동 222 목포대성엘에이치천년나무아파트			
	세대수	1391	전용면적(㎡)	84.97	평수	25.70

투자정보	투자금액	4,000	1순위+2순위(원금)	15,011	최근 실거래가(6개월 이내)	
			1순위+2순위(설정)	17,640		
	설정금액	6,000	②+③+④	19,011	월 / 층수	4월 / 5층
			①	25,000		
	월 이자(원)	566,667	담보비율 (LTV)%	76.0	실거래가(만원)	25,300

KB시세 매매, 전세가액	매매가액(만원)			전세가액(만원)		
	하위평균가	일반평균가	상위평균가	하위평균가	일반평균가	상위평균가
	23,500	25,000	26,000	20,000	21,000	22,000

채권 보전방법	• 국세납부증명원, 지방세납부증명원, 전입세대 열람확인원, 지방세세목별과세증명원, 사실증명원(당해세납여부확인), 확정일자부여현황 등 • 여신품의서, 대출거래약정서(금전소비대차약정서), 전입세대확인서, 근저당권설정계약서, 전세권설정계약서, 대위변제신청서, 개인신용정보활용동의서, 가동기설정계약서, 기타

채무자 정보	주변여건: 세대수多 / 학세권 / 인근 마트, 슈퍼, 주유소, 식당, 파출소 등 편의시설多
	채무자 직업/연봉: 직장인(신입) / 월급 250만 수령 / 사대보험가입 有
	배우자 직업/연봉: 미
	기타사항: 기존 대부 2000 대환 예정

어 근데 이 분은 지방이네요.

하이본 파이낸스 고귀한

네. 지방도 서울 수도권 만큼 괜찮은 곳들도 있습니다. 저희는 투자 가치가 높은 물건이 접수되면 편견을 갖지 않고 투자 요청건의 담보가치를 면밀하게 검토해 봅니다. 해운대 등이 있는 부산, 서울 못지 않게 학군 열기가 뜨거운 대구의 수성구, 둔산동이 있는 대전 뿐 아니라 광주, 여수, 속초, 양양, 구미, 청주 등 KTX가 들어가거나 고속도로 개통 호재가 있는 곳들, 반도체 클러스터가 형성되는 이천 근방 처럼 산업단지가 형성되는 곳들은 인구가 늘어나거나 일자리가 늘어나며 주택 매수세가 유입되어 시세가 높게 유지되거든요.

하이본 파이낸스 고귀한

현재 이 매물은 2023년 7월에 거래된 2.5억이 동일 평형의 최신 거래인데요. 현재 나와있는 매물도 한 건 있으며 금액은 기존 거래금액과 동일한 2.5억 입니다.

하이본 파이낸스 고귀한

하이본 파이낸스 고귀한

 하이본 파이낸스 고귀한

전세 매물은 거래 이력을 찾기가 힘드네요.
거의 실거주를 하시나 봅니다. 기존 거래가액과
동일하게 대략 1.8억 에서 2억 정도라고 가정해
본다면 전세가율은 약 80%정도라고 볼 수 있을
것 같습니다.
서민 주거 정책 안정을 위해 전세자금 대출이 3억
까지는 쉽게 나오는 편이라, 현재 호가 수준으로
전세입자를 새로 구하는 것도 그리 어렵지는 않을 것
같습니다.

네. 그런데 심사서 제일 아래의
대환대부는 무슨 뜻인가요?

 하이본 파이낸스 고귀한

어떤 내용인지 설명 드리겠습니다.

누군가에겐 높은 1금융의 벽

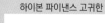

금융거래확인서
(기준일: 2022년 05월 23일)

1. 대출금 거래상황 (단위: 천단위)

종별	용도	이율	당초차입 일자	당초차입 종류	당초차입 금액	한도설정액	잔액 (원화환산잔액)	대출기한	비고
일반대출금	가계	**.**	2021-01-20	KRW	147,000	0	140,850	2051-01-20	개별거래
일반대출금	가계	**.**	2021-01-22	KRW	10,000	0	7,450	2026-01-22	개별거래
NH채움카드 개인	가계	**.**	2018-12-10	KRW	0	2,100	1,818		한도거래
			대출잔액(원화환산잔액) 합계				150,118		

◆ 금융기관 거래성실도(우량업체, 적격업체 등)

종류		선정일자		유효기간	
◆ 이회수 어음/수표(기준일 현재)		어음	0매	수표	0매

6. 최근 3개월이내 10일이상 계속된 연체명세 (단위: 천)

대출종별	연체발생일	연체원금	연체이자	연체정리일	연체일수	비고
일반대출금		410,000	2,216		17	지연+연체

※ 신용카드 및 구매전용카드는 기준일 현재 연체중인 회원 중 10일 이상 계속하여 연체인 경우만 조회됨

당업체와 귀사와의 위 거래상황을 확인하여 주시기 바랍니다.	위와 같이 상이 없음을 확인함.
용도	기타
신청인주소	
채무자명	
대표자명	

☎ 061-278-3450

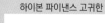
투자를 희망하시는 분 께서는 농협에서 약 1.5억 가량의 대출을 받으셔서 이 집을 구매하신 것으로 보입니다.
그런데, 그 중 일부가 어떤 사유로 연체가 된 것 같아요.
17일이나 연체를 하면 신용등급이 큰 폭으로 하락하고, 갖고있던 신용카드가 막혀버려요.
그러면 생활하는데 꽤 큰 어려움이 생기거든요.
그래서 이 부분을 해결하기 위해 투자를 희망하시는 것으로 판단됩니다.
만약 이 분께서 다른 대출이 있다면 금리가 엄청나게 높아지거나 상환 압박을 받으실 수도 있어서 빠르게 해결하시려는 것으로 판단됩니다.

그렇군요. 저희 시댁이 목포에 사셔서 이 근처에 가본적
있어서 알고 있긴 해요. 동네도 깨끗하고 초등학교도
바로 앞에 있고, KTX 역 근처라 안전할 것 같아요.

하이본 파이낸스 고귀한

네 알겠습니다.
본 건을 투자하시는 경우 지난번과 마찬가지로
법무사님께서 투자 희망자를 만나 필요 서류를
발급받고, 권리 보호 조치에 이상이 없는지
검토한 뒤, 이상이 없다면 확인 안내를 드릴 겁니다.
이 투자 건은 앞에 정리할 연체 이력들이 있으니
법무사님께서 선순위채권 중 연체가 있거나,
대환을 할 부분을 처리하고,
에리 대표님의 권리 보호 조치까지 완료한 뒤에
연락 드릴 수 있도록 하겠습니다.

법무사님이 지방도 가세요?

하이본 파이낸스 고귀한

지방 출장도 가십니다.
전국적으로 ASPL을 투자하는 분들이 폭발적으로
늘어나고 있는데 지방이라고 하더라도 투자자들의
소중한 재산 보호를 위해 철저한 서류 검토는
필수라고 생각합니다.
멀더라도 법무사님께서 직접 방문해 철저하게
처리하는게 저희의 원칙입니다.

알겠습니다.
오늘도 친절한 설명 감사드려요.
완료되면 연락 주세요!

PART 03_____ # 조기상환

> **< B 선배**   🔍 ⋮
>
> 오빠! 나 급하게 물어볼거 있어요!
> 오늘 잠깐 들러도 돼요?
>
> B
> 뭔데?
>
> 아까 투자 정보 업체에서 전화가 왔는데,
> 얼마 전에 투자했던 투자자가 상환을 한대요.
>
> B
> ㅇㅇ 가끔 그럴 때 있지
>
> 그럼 저 투자했던 건 어떻게 되는 거에요?
>
> B
> 톡으로 설명하려니 길어질 것 같은데,
> 오늘 시간 되면 잠깐 들러~

(에리가 콧김을 내뿜으며 왔다.)

B: 뛰어왔어?

에리 : 지하철 타고 왔어요.

B: 그런데 왜 이리 숨을 몰아쉬어.

에리: 아 몰라요. 그나저나 아까 물어봤던 것처럼 조기상환 한다고 하면 어떻게 해야하는 거에요? 고르고 골라 투자했는데 조기상환 한다니 당황스러워요.

B: 계약서에 써있는 것처럼, 우리가 은행에 중도상환 할 때처럼 그 날까지 발생한 이자랑 중도상환수수료, 원금 받으면 돼.

에리: 투자가 처음이라 하나하나 다 물어보게 되네. 이런것 때문에 번거롭게 찾아와서 미안해요. 그런데 하나만 더 물어볼게요. 이 분이 한 달도 안 쓰고 상환을 하면 제가 받을 수 있는 이자는 중도상환수수료를 포함해도 1% 중반 정도밖에 안 되잖아요. 그러면 중개수수료는 어떻게 되는거에요?

B: 업체마다 조금씩 다른데, 그냥 먹는데도 있고, 투자기간에 따라 돌려주는 곳들도 있어. 지금 내가 이용하는 하이본 파이낸스는 1개월 안에 투자건 상환되는 경우 중개보수를 전액 돌려주는 안전한 곳이야. 너도 한 달 안 됐으면 냈던 중개 보수를 모두 돌려줄거야.

에리: 그렇구나. 괜히 걱정했네. 그러면 한 달 넘으면요?

B: 하이본 파이낸스의 투자자 조기 상환 보호 시스템은 아래와 같을거야.

1개월 이내 조기 상환시 : 중개보수 100% 전액 환급

2개월 이내 조기 상환시 : 중개보수 2/3 환급

3개월 이내 조기 상환시 : 중개보수 1/3 환급

언제 상환하더라도 중개보수 때문에 손해 볼 일은 없지. 그런데 투자 희망자는 법무사 설정비도 내고 중도상환수수료까지 냈을텐데 왜 갑자기 상환했대?

에리: 집을 내놓은지는 한참 되었다고 하던데, 투자 받자마자 얼마 안되어 갑자기 매수자가 나타나 팔렸다고 하더라구요. 중개보수는 돌려받아 손해는 없다 하더라도 좀 더 길게 갔으면 좋았을 걸…. 새로운 투자정보를 다시 달라고 해서 재투자 해야하려나봐요.

B: 나도 투자 하다 보면 그런 일 가끔 있는데, 그냥 꾸준히 투자하다 보면 짧게 가는 것도 있고, 1년 넘게 길게 가는 것도 있고 그렇더라. 그래도 한 달 해서 1% 정도 벌었으면 몇 십 만원은 벌었겠네. May I eat beef today?

에리: 오빠 소고기 사주려 온 건 아니었는데 ㅋㅋㅋ 오빠가 알려준

정보 덕분에 벌기도 한 거니까 그냥 먹어요. 오빠가 얘기하니까 나도 먹고싶네. 저도 한동안 식도에 기름칠을 못 했어요.

B: 감사감사. 대신 내가 오늘 아주 중요한 얘기를 하나 해줄게. 소고기보다 더 가치가 있을거야.

에리: 뭔데뭔데. 나 얼마전에 남은 지산 두 개도 무피로 팔았어요. 살때도 대출을 잔뜩 껴서 산거라 막상 손에 쥔 돈은 많지 않기는 한데, 그래도 30%는 제 돈이었어요. 나는 ASPL 하니까 지산으로 임차료 받을 때 보다 나은 것 같아요. 앞으로 ASPL이나 더 할까봐.

B: 대박이네···. 이런 시기에? 너 뭐 돼? 복비 따따블 부르고 전국에 뿌렸어?

에리: 똥꿈 꾸고 로또 샀는데 꽝 나왔거든요. 살면서 똥꿈은 처음이라 잔뜩 기대하며 로또 샀거든요? 꽝 나와서 개꿈인가 했는데 이런 좋은 일이 있으려 했나봐요. 처음 입주할 때는 마피니 계포니 아주 머리 뿐 아니라 온 몸이 아팠는데 팔고 나니 두통 치통 생리통 모두 싹 나았어요. 계약이 만병통치약이었나봐요!

B: 대박대박! 왕축하! 오늘은 소고기 배에 가득 넣는다. 일단 먹으러 가자.

Part.4 독립

잠자는 동안에도
돈이 들어오는 방법을
찾지 못한다면
당신은 죽을 때까지
일을 해야만 할 것이다.

Warren Edward Buffett

너 대표가 돼라!

•　　　　　　불판 위에서 지글지글 꽃갈비살이 익는다. B는 한참을 먹고 나서 제로콜라까지 시원하게 들이키고는 한숨을 내쉰 뒤 말을 꺼냈다.

B: 에리야. 너 계속 이거 할거면 사업자를 내야 돼.

에리: 왜요?

B: 금전임대를 업으로 하면 사업자를 등록하고 세금을 내야 하는게 법이야.

대부업법
(대부업 등의 등록 및 금융이용자 보호에 관한 법률)

제2조(정의) 이 법에서 사용하는 용어의 뜻은 다음과 같다.
  1. "대부업"이란 금전의 대부(어음할인·양도담보, 그 밖에 이와 비슷한 방법을 통한 금전의 교부를 포함한다. 이하 "대부"라 한다)를 업(業)으로 하거나 다음 각 목의 어느 하나에 해당하는 자로부터 대부계약에 따른 채권을 양도받아 이를 추심(이하 "대부채권매입추심"이라 한다)하는 것을 업으로 하는 것을 말한다. 다만, 대부의 성격 등을 고려하여 대통령령으로 정하는 경우는 제외한다.

제3조(등록 등)
① 대부업 또는 대부중개업(이하 "대부업등" 이라 한다)을 하려는 자(여신금융기관은 제외한다)는 영업소별로 해당 영업소를 관할하는 특별시장·광역시장·특별자치시장·도지사 또는 특별자치도지사(이하 "시·도지사"라 한다)에게 등록하여야 한다.

제19조(벌칙)
① 다음 각 호의 어느 하나에 해당하는 자는 5년 이하의 징역 또는 5천만원 이하의 벌금에 처한다.
1. 제3조 또는 제3조의2를 위반하여 등록 또는 등록갱신을 하지 아니하고 대부업등을 한 자

제20조(양벌규정) 법인의 대표자나 법인 또는 개인의 대리인, 사용인, 그 밖의 종업원이 그 법인 또는 개인의 업무에 관하여 제19조의 위반행위를 하면 그 행위자를 벌하는 외에 그 법인 또는 개인에게도 해당 조문의 벌금형을 과(科)한다. 다만, 법인 또는 개인이 그 위반행위를 방지하기 위하여 해당 업무에 관하여 상당한 주의와 감독을 게을리하지 아니한 경우에는 그러하지 아니하다.

제3조의5(등록요건 등)
① 제3조제1항에 따라 등록하려는 자는 다음 각 호의 요건을 갖추어야 한다.
  1. 1천만원 이상으로서 대통령령으로 정하는 금액 이상의 자기자본(법인이 아닌 경우에는 순자산액)을 갖출 것. 다만, 대부중개업만을 하려는 자는 그러하지 아니하다.

2. 제3조의4에 따른 대부업등의 교육을 이수할 것. 다만, 제3조의4제1항 단서에 따라 등록 후 교육을 받는 경우에는 등록 후 교육을 이수할 것
3. 대부업등을 위하여 대통령령으로 정하는 고정사업장을 갖출 것
4. 대표자, 임원, 업무총괄 사용인이 제4조제1항에 적합할 것
5. 등록신청인이 법인인 경우에는 다음 각 목의 요건을 충족할 것

가. 최근 5년간 제4조제1항제6호 각 목의 규정을 위반하여 벌금형 이상을 선고받은 사실이 없을 것

나. 파산선고를 받고 복권되지 아니한 사실이 없을 것

다. 최근 1년간 제5조제2항에 따라 폐업한 사실이 없을 것(둘 이상의 영업소를 설치한 경우에는 영업소 전부를 폐업한 경우를 말한다)

라. 최근 5년간 제13조제2항에 따라 등록취소 처분을 받은 사실이나 제5조제2항에 따라 폐업하지 아니하였다면 등록취소 처분을 받았을 상당한 사유가 없을 것

에리: 어… 안 하면 안돼요? 사업자는 뭔가 귀찮을 것 같은데!

B: 사업자등록을 하고 납세의무를 성실히 이행하는 음식점 앞에 세금 한 푼 안 내는 노점이 있고, 그 노점에 대한 제재가 없다면 누가 제대로 사업자등록을 하고 음식점을 하겠어? 모두가 노점을 하겠지. 그런데, 노점은 단속의 대상일 뿐 보호를 못 받잖아. 권리를 주장하려면 의무를 다해야겠지. 만에 하나 억울한 일이 생겨 보호를 받으려면 지킬건 지켜야 하지 않을까? 나는 지킬 건 지키고 무슨 일이 벌어지더라도 보호받고 싶어.

법률에 근거해 사업자 등록한 사람만 보호해주니, 나도 사업자 등록을 했거든. 그러니까 너도 사업자 등록을 해. 그래야 보호받을 수 있어. 1금융권인 은행, 2금융권인 저축은행, 신용협동조합, 보험, 신용

카드 및 캐피탈 모두 사업자등록을 했고, 3금융권이자 합법적 1인 은행, 소비자금융업인 금전임대업도 엄연한 사업자니 보호의 대상이야. 반면 무등록 사업자들에게는 페널티가 있어.

에리: 그러면 지난번에 한 번 투자한건 어떻게 되는거에요? 혹시 그거 불법이었나요? 오빠 저를 불법의 구렁텅이로 밀어넣은 건가요?

B: 한 번 투자한 걸 업으로 보지는 않아. 그런데 네가 앞으로도 여러 번 계속적, 반복적으로 투자한다면 업으로 볼 지도 모르잖아?

에리: 그것도 그렇겠네… 다른 사람들은 다 사업자 내고 해요?

B: 업계에서 우회하여 투자하는 분들도 있다고 듣긴 했지만, 나도 모든 사람들이 어떻게 하는지까지는 자세히 몰라. 다만, 내가 아는 사람들은 모두 다 사업자 등록을 했어.

에리: 알겠어요. 그러면 나도 사업자 내야겠네. 사업자 내는거 어려워요? 나는 직장이 있는데 사업자를 내도 되는건가?

B: 너희 회사에 입사할 때나 연봉 계약할 때 근로계약서나 연봉계약서 쓰지 않았어? 아니면 너희 회사의 취업규칙에 겸업금지약정이 있

을 수도 있어서 개인사업자를 내는 건 네가 따로 회사랑 얘기해봐야 할 수도 있어. 그런데 법인사업자는 내도 문제 없을거야.

에리: 법인?

B: 너 주식 할 때 어느 회사 주식을 갖고 있든 너네 회사에서 신경 안쓰지? 네가 법인을 세워서 지분을 갖고 있는거 자체는 문제가 되지 않을거야. 법인을 세운 뒤 법인으로부터 급여를 받기 전까지는 직장에 다니고 있더라도 별다른 이슈가 없는게 일반적이야. 나도 직장 다니면서 투자를 병행할 때 법인 세우고 오랫동안 투자했는데 아무 문제는 없더라고.

에리: 그래요? 오빠도 법인이에요?

B: 응.

에리: 그러면 주변에 아는 사업자들도 전부 법인이에요?

B: 응. 개인은 없어. 이미 자기 직장들이 있는 사람들도 있고, 건강보험료도 많이들 나오기도 하고, 이미 개인 소득들이 많은 경우들도 있어서 소득이 늘어나면 세금도 늘어난다고 싫어하더라고. 지금 나도 그렇고.

에리: 그렇구나. 나도 그럼 법인 내야겠네. 법인은 어떻게 만들어요? 관리해주는 사람이 있어요?

B: 응. 나랑 친했던 동기 중에 회계사 된 친구가 있어. 그 친구가 우리 회사 관리해줘.

에리: 어 나도나도 소개해줘요.

B: 알았어. 이게 친구 연락처니 연락해 봐. 바쁠 수도 있으니 혹시 연락했는데 안 받으면 문자 남겨놓고. 내 소개라 하면 연락 줄거야.

에리: 응. 알겠어요. 법인을 먼저 만들고 만나야 돼요? 아니면 상담을 하고 법인을 만들어야 돼요?

B: 먼저 내 친구 만나서 자세히 물어봐봐.

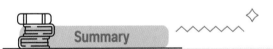

Summary

- 한 건 이상 투자를 할 때는 사업자 등록을 권장합니다.
- 개인사업자는 겸직허가가 필요할 수 있습니다.
- 법인의 경우 건강보험이 부과되지 않으며, 개인사업자 대비 낮은 세율을 적용받습니다.
- 자세한 내용은 다음 챕터부터 다룹니다.

개인과 법인

• 　　　　　정영록 회계사 (이하 정) : 안녕하세요. 정영록 회계
사입니다. 반갑습니다.

에리: 네 안녕하세요. 말씀 많이 들었어요. B 오빠가 도움을 많이 얻
고 있다 하더라구요.

정: 네. 저도 함께 투자하고 있다보니 자주 소통하는 편입니다. 법인
운영과 세무신고에 대해서는 제가 도움을 주는 편이지만, 투자에 대
한 부분은 오히려 제가 도움을 얻습니다. 에리님도 최근에 부업으로
ASPL 투자를 시작하셨다 들었습니다.

에리: 네. B 오빠가 계속 투자 할거면 사업자를 내는게 좋을 것 같다
고 해서요. 어떻게 하면 되나요?

정: 먼저, 사업자는 개인이 있고, 법인이 있습니다. 혹시 개인사업자
와 법인사업자의 차이에 대해서 아시나요?

에리: 아니요. 초보자라 생각하고 처음부터 알려주시는 게 좋을 것 같아요.

정: 알겠습니다. 세세한 내용까지 모두 말씀드리면 머리가 아프실 수도 있으니 법인과 개인 간의 가장 큰 차이점에 대해서 설명해 드리겠습니다.

개인사업자는 주민등록번호별로 세금을 신고하게 됩니다. 현재 직장이 있으시다면 연초에 연말정산이라는 걸 하실텐데, 그 연말정산한 근로소득과 합산해 5월에 세금을 한 번 더 내셔야 해요. 근로소득과 투자수익을 합친 소득이 높아진다면 종합소득세 부담이 있을 수 있습니다. 또한, 근로소득과 별개로 투자수익이 높아지면 건강보험이 추가로 부과될 수 있습니다.

법인은 법으로 만들어진 사람같은건데, 주민등록번호와 유사한 13자리의 법인등록번호라는게 부여되고, 법인등록번호별로 법인세 신고를 하므로 에리님의 소득과 합산되지 않습니다. 법인세는 종합소득세에 비하면 현저히 세금 부담이 적습니다. 건강보험료도 부과되지 않습니다.

지자체 등록비용이나 협회 회원 등록 비용, 보증보험료 등은 개인사업자와 법인사업자의 차이가 없습니다.

에리: 말씀만 들었을 때는 법인이 무조건 유리해 보이는데요?

정: 만약 에리님이 법인에서 급여나 배당 등을 별도로 받기로 결정했다면 두 군데서 급여를 받는 셈이 됩니다. 만약 지금 직장에서 5,000만원의 급여를 받고 있고, 에리님이 만든 법인에서 5,000만원의 급여를 받는다면 한 군데서 1억원의 연봉을 받는거랑 세금 차이는 거의 없습니다.

그러나, 에리님의 법인에서 에리님에게 급여나 상여, 배당 등을 지급하지 않는다면 거의 손실 없이 투자 자산을 불려갈 수 있습니다. <u>투자 자산을 빠르게 불려갈 목적이라면 법인이 효율적입니다.</u>

Summary

- 법인은 개인과 별개로 법인세 신고를 통해 법인세를 납부합니다.
- 법인의 세금 부담은 개인의 종합소득세에 비해 현저히 적습니다.
- 법인의 소득에 대해서는 건강보험료가 부과되지 않습니다.
- 지속적으로 투자 자산을 불려갈 계획이라면 법인을 선택하는 것이 유리합니다.

매년 벤츠 한 대

•   에리: 방금 전에 법인이 효율적이라고 하셨는데, 개
인이랑 비교하면 어느정도 차이가 나요?

정: 단순하게 법인으로 2억을 벌었을 경우와, 개인으로 2억을 벌었
을 경우의 현금흐름을 비교해보면 다음과 같습니다.

법인

법인세 : 18,000,000원 (= 2억 x 9%)

지방소득세 : 1,800,000원 (=2억 x 0.9%)

합계금액 : 19,800,000원

200,000,000원 중 세금 납부 하고 법인 계좌에 남은 돈은 180,200,000원

재투자가능 자금비율 90.1%

개인

종합소득세 : 56,600,000원 (= 2억 x 38% - 1940만원)

지방소득세 : 5,660,000원 (= 56,600,000원 x 10%)

건강보험료 : 15,996,240원 (= 1,333,020원 x 12개월)

합계금액 : 78,256,240원

세금 납부하고 개인 계좌에 남은 돈은 121,743,760원

재투자가능 자금비율 60.87%

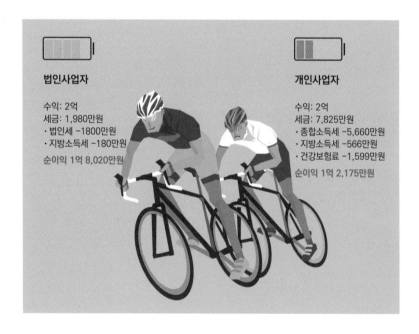

똑같은 세전 2억원의 예산을 받아 피터지게 경쟁을 한다 가정해보면

누군가는 1.8억으로 사업을 하고

누군가는 1.2억으로 사업을 합니다.

핸디캡을 안은 상태에서 더 적은 목숨으로, 약한 체력으로 게임에 참여하는 것과 다를 바 없습니다.

차액 6000만원…

벤츠 E클래스가 할인받으면 약 6000만원입니다.

매년 수입세단의 베스트셀러 중 하나인 벤츠 E클래스를 하나씩 더 얻을 수 있는 돈이기도 합니다.

E클래스가 마음에 안든다면 우리나라의 최고급 세단 중 하나인 제네시스 G80이 매년 생긴다고 보셔도 좋습니다.

에리: 투자하느라 있던 차도 팔았는데… 매년 제네시스가 생긴다니 꿈만 같네요. 전 법인 할래요!

법인세 세율(2022년 이후)

소득종류 법인종류	각사업연도 소득		
	과세표준	세율	누진공제
영리법인	2억 이하	9%	-
	2억 초과 200억 이하	19%	2,000만원

종합소득세 세율 (2021~2022년 귀속)

과세표준	세율	누진공제
12,000,000원 이하	6%	-
12,000,000원 초과 46,000,000원 이하	15%	1,080,000원
46,000,000원 초과 88,000,000원 이하	24%	5,220,000원
88,000,000원 초과 150,000,000원 이하	35%	14,900,000원
150,000,000원 초과 300,000,000원 이하	38%	19,400,000원
300,000,000원 초과 500,000,000원 이하	40%	25,400,000원
500,000,000원 초과 1,000,000,000원 이하	42%	35,400,000원
1,000,000,000원 초과	45%	65,400,000원

예상지역보험료(12월) 1,333,020원	
상세닫기	
①소득(사업·연금·근로·기타소득)(소수점 3자리 이하 표기생략)	5,670,186점
②소득최저보험료	0원
③재산(주택·건물·토지·전월세 등)	0점
④자동차	0점
⑤건강보험료 (①+③+④)x208.4원(2023년도 부과점수당 금액)+②	1,181,660원
⑥장기요양보험료(⑤x0.9082%/7.09%, 2023년 기준)	151,360원
⑦지역보험료(⑤+⑥)	1,333,020원

정: 법인은 많은 혜택을 주는 만큼, 근로자가 하는 연말정산 외에 3월에 법인세 신고를 하셔야 합니다. 법인세 신고가 낯설다는 분들

이 있긴 한데, ASPL 투자하시는 분들은 법인세 신고도 큰 어려움 없이 해나갈 수 있어요. 저희가 잘 안내해 드릴게요.

Summary & Tip

- 법인의 장점 :
  1. 법인세율이 낮아서 효율적으로 투자자산을 불려갈 수 있습니다.
  2. 투자 수익이 개인 소득과 합산되지 않으며, 법인 소득에는 건강보험료가 부과되지 않으므로, 연간 투자 수익이 2억일 경우, 법인은 개인에 비해 매년 약 6,000만원의 세금이 절감됩니다.
  3. 사업 관련 지출은 법인의 경비 처리 과정을 통해 개인 연말정산과 다르게 무제한의 법인세 절세혜택을 추가로 누릴 수 있습니다.

- 법인 경비처리 가능 항목 :
  사업 관련 지출한 비용 모두 가능하며 대표적인 예시는 다음과 같습니다.
  - 노트북, 컴퓨터 등 사무용품 및 소모품비
  - 인터넷요금 및 휴대폰요금 등 통신비
  - 인건비, 여비교통비, 차량유지비
  - 각종 세금과공과

- 법인 운영시 유의할 점 :
  1. 연말정산만으로 납세의무가 종결되는 근로소득자와 다르게 법인세, 교육세, 원천세 등 신고의무가 있습니다. 경비처리 효과를 극대화하기 위해서는 세무대리인을 통해 절세 전략을 수립하는 것이 좋습니다.
  2. 투자 수익 전액을 배당, 급여 등으로 받을 목적이라면 법인을 설립하지 않는것이 나을 수 있습니다.

  투자로 얻은 수익을 재투자하거나, 투자규모를 지속적으로 확대하려는 분은 법인을 선택해 법인의 장점을 극대화할 수 있습니다.

꼭 결정할 것들

• 　　　　　정: 그런데, 법인을 등록하시려면 사업을 할 장소가

있어야 하는데 혹시 있으신가요?

에리: B 오빠는 따로 사무실이 있다던데, 저는 사무실이 없어요. 혹

시 집으로도 사업자등록이 가능한가요?

정: 금융감독원에서 공개하고 있는 정보[44]를 통해 확인해보면, 현재

집 주소로 등록된 ASPL 투자업체는 약 1천개 이상입니다.

그러나, 사업자등록증이나 법인등기부등본을 제출할 일이 의외로 많은

데, 집 주소를 노출하는 건 프라이버시 등의 문제로 추천하지 않습니다.

에리: 그러면 저도 따로 사무실을 구해야 하나요?

정: 사무 공간이 필요하시거나, 직원을 채용한다면, 별도의 사업장

---

44) 금융감독원 통합조회 관련자료

을 임차하시는게 좋겠지만, 사무실 월세 계약을 할 때도 보증금 등이 추가로 들어갑니다. 차라리 그 돈으로 투자 한 건을 더 하시는 게 나을 수 있습니다.

요새는 공유 오피스나 비상주 사무실[45] 등이 있으므로 ASPL 투자 초기에는 최대한 가볍게 공유 오피스나 비상주 사무실을 고려해 보시길 권장드립니다.

만약 처음에 사업장 주소를 집으로 하셨다가 나중에 사업장 주소를 다른 곳으로 이전하게 된다면 그때는 새로 법인 등기부터 하고, 사업자등록증 정정, 지자체 등록정보 정정, 관련 유관기관 등록정보 정정, 금융기관 등록정보 정정 등의 절차를 거치셔야 합니다.

에리: 한 번 변경하는데 뭐가 많네요. 고민해 볼게요. 혹시 추천해 주실만한 곳은 없나요?

정: 저희는 사업자등록을 위한 사무실 장소를 함께 제공합니다.

에리: 어! 저 그럼 거기서 할게요.

---

45) 사업자등록을 위해 주소지를 제공하는 서비스. 필요하다면 실제로 사무 공간을 이용하는 경우도 있습니다. 이때는 비상주사무실이라 부르지 않고 공유오피스 또는 서비스드오피스 라고 합니다.

정: 예 알겠습니다. 그러면 다음은 주주 지분을 결정해야 합니다.

에리: 주주 지분이 정확히 뭐에요?

정: 혹시 주식 투자를 해보셨나요?

에리: 예. 해본 적 있어요.

정: 그러면 설명이 쉽네요. 주주는 주식의 주인이라는 뜻입니다. 100주를 발행한 회사의 주식을 100주 가지면 100% 소유, 1주만 가지면 1%를 소유한 겁니다. 주식의 권리는 크게 두 가지인데, 첫 번째는 배당을 받을 수 있는 권리입니다. 주식을 하셨으면 배당을 받아보신 적 있죠?

에리: 예. 한 주당 천원인가… 아무튼 얼마 들어오긴 했던 것 같아요.

정: 상장회사의 배당금과 마찬가지로 에리님의 법인도 배당이 가능합니다. 차이점이 있다면, 에리님이 100% 소유한 법인은 얼마를 배당할지 에리님이 결정하실 수 있어요.
실제로는 배당하는 일 거의 없이 투자 자산을 불려가겠지만, 배당에 대한 권한이 있다는 사실만 알아두셔도 좋아요. 그리고 두 번째 권

리는 의결권인데요. 드라마같은데서 주주총회, 지분싸움 같은거 하는걸 보신 적이 있나요?

에리: 예. 우호 지분 모아서 회사 갈아 엎고 그러는 것 같던데요.

정: 맞습니다. 법인이 대표를 선임하거나, 배당을 하거나 할 경우 주주들 간 투표를 진행하게 되는데, 보유하고 있는 지분율만큼 의사결정에 영향을 미칠 수 있습니다.

에리: 음… 누가 간섭하는 건 싫은데… 혹시 저 혼자 하면 안되나요?

정: 전체 지분을 에리님께서 100% 보유하는 1인 법인도 가능합니다.

에리: 그러면 저는 그걸로 할게요. 그런데 주식회사만 선택해야 하나요?

정: 유한회사, 유한책임회사 등도 선택하실 수는 있습니다. 1인 법인의 경우 비용이나 설립절차, 향후 운영하는 데 큰 차이는 없습니다.

에리: 그러면 저는 그냥 사람들이 가장 많이 하는거 할게요.

정: 좋습니다. 그러면 지분을 에리님께서 100% 소유한 주식회사

1인 법인으로 설립하도록 하겠습니다.

ASPL 투자 목적 법인의 법정 자본금은 최저 5,000만원이고, 나중에 투자금이 부족할 경우 뒤에 설명드릴 가수금 또는 증자[46]를 통해 법정 자본금을 언제든지 늘릴 수 있습니다.

에리: 네 알겠습니다. 그리고 법인은 만드는데 돈이 든다던데, 비용이 얼마에요?

정: 서울 수도권의 경우에는 약 80만원 정도의 공과금이 발생하고, 서울, 수도권 밖 과밀억제권역[47]에 설립할 경우는 약 30만원 정도의 공과금이 발생합니다.

---

46) 법인의 자본금을 늘리는 행위, 법인 등기부등본에서 "자본금의 액, 자본금의 총액" 에서 법정자본금을 확인할 수 있습니다.
47) 과밀억제권역

에리: 네 알겠습니다. 혹시 또 정할 게 남았나요?

정: 중요한 내용은 모두 결정되었으니, 법인 이름 등 추가로 결정해주실 내용은 이메일로 전달해드리겠습니다. 미팅 끝나고 이메일 보내드릴테니 확인 후 회신 부탁드릴게요. 법인 설립 등기가 완료되는데까지는 영업일 기준 3-4일 정도 걸리니 빠르게 회신해주세요!

에리: 네! 잘 부탁드려요!

Summary & Tip

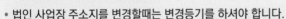

- 법인 사업장 주소지를 변경할때는 변경등기를 하셔야 합니다.
- 사업장은 임차하셔도 되지만, 보증금 등이 부담될 경우에는 공유 오피스를 활용해 부담을 줄일 수도 있습니다.
- 법인의 종류는 주식회사, 유한회사, 유한책임회사 등 여러가지가 있으나 주식회사가 일반적입니다.
- 주주는 법인의 의사결정에 참여할 수 있고, 배당을 받을 수 있습니다. 지분을 100% 단독으로 소유한 1인 법인도 가능합니다.
- 법인 설립 등기가 완료되는데까지는 약간의 시간이 소요되므로 법인 설립 일정을 고려할때는 가급적 1주일 가량의 시간 여유를 갖고 진행하시길 권장드립니다.

< 회계사님   Q :

CPA 회계사님

에리님~ 주식회사 법인 설립이 완료되어
등기부등본과 사업자등록증을 보내드립니다.
이제 은행에서 계좌를 만드시고,
자본금 5,000만원을 법인에 이체해 두시면 됩니다.

은행은 아무 은행이나 가도 되나요?

CPA 회계사님

요새 보이스피싱, 대포통장 등 금융사고가 많아 법인
계좌 개설시 심사가 다소 까다로워졌습니다.
설령 계좌를 개설하더라도 이체금액에 한도가 있는
한도 제한 계좌로 개설해주는 경우도 있습니다.
한도 제한 계좌로 개설될 경우 한동안 불편함을
겪으실 수도 있으니 저희가 세금계산서를 한 장
발행해드릴게요.
회계사 등 세무대리인이 발행한 세금계산서가 있다면
한도 제한을 두지 않는 경우도 꽤 있더라구요.
그래도 혹시 모르니 이왕이면 에리님께서 자주 거래해
안면이 있는 곳이나, 다니기 편한 은행으로 가시는게
좋습니다.

저 회사에서 급여 받던 은행이 기업은행인데
기업은행 괜찮나요?

CPA 회계사님

우리나라 1금융권 은행은 대부분 튼튼하고 좋습니다.

네. 알겠습니다.
법인카드라는 것도 만들 수 있다던데
같이 만들어도 되나요?

CPA 회계사님

은행별 심사과정을 통과하면 법인카드를
만드실 수도 있습니다.
에리님은 경제활동을 해오며 쌓인 신용등급이
일정 등급 이상이므로 신용카드 발급이 가능했지만,
신설 법인은 신용도라고 할 게 아직 없다보니
법인 계좌 개설시에는 체크카드만 만들어 줬다가
법인의 거래 실적을 보고 추후 신용카드를
개설해주기도 합니다.

예 알겠습니다.
계좌개설할때 어떤 서류를 준비해야 하나요?

CPA 회계사님

사업자등록증과 함께 법인 설립하며 법원 등에 제출한
서류들 원본을 모두 보내드리겠습니다.
아래의 내용을 확인하시고,
법인계좌 개설이 완료되면
저희에게 법인계좌 사본을 보내주세요!

은행 계좌 개설시 필요서류

- 사업자등록증
- 법인인감 도장
- 법인인감 증명서
- 법인등기부등본
- 법인인감 날인된 주주명부
- 정관
- 대표자 신분증
- 임대차 계약서
- 대리인신분증·위임장(대리인 경우)

Summary & Tip

- 신설 법인 계좌 개설시에는 심사가 까다로울 수 있으니 필요 서류를 확인하시고 방문하시길 권장드립니다.
- 법인 계좌 개설하러 갈 때 세무대리인이 미리 세금계산서를 발행해준다면 한도 제한 계좌의 불편함을 피할 수도 있습니다.
- 법인 계좌 개설이 완료된 뒤에는 반드시 법인 등기부 등본에 기재된 자본금을 법인 계좌로 이체해 두세요.
- 법인 설립 중 개인 계좌에서 지출된 공과금 등을 세무대리인에게 정산 요청하여 법인으로부터 돌려 받으세요.

증여세 없이 증여가 가능?

회계사님 안녕하세요.
문의 하나 드려도 되나요?

CPA 회계사님
예 안녕하세요.
어떤 부분이 궁금하신가요?

법인에서 투자 자금이 모두 떨어졌는데,
법인에 돈을 더 넣을 수 있나요?

CPA 회계사님
예 가능합니다.
개인 계좌에서 법인 계좌로 자금을 이체하시면서 이체
적요에 "가수금" 이라고 기재해주세요.

적요가 뭐에요?

CPA 회계사님
"적어두세요"의
줄임말 입니다.

진짜요?

회계사님

사전에는 요점을 뽑아 적은 기록이라고
되어있는데,
기억하기 쉽게 얘기하자면
"적어두세요" 와 같습니다.
알 수 있도록 적어두지 않으면 사람
기억력에 한계가 있어 나중에 기억이
나지 않는 경우가 종종 있습니다.
그런 경우를 방지하기 위해 간략하게
적어두는 것을 적요라 합니다.

오홍… 그렇군요.
가수금은 얼마까지 넣어도 돼요?

회계사님

근로소득 등 출처가 확실한 본인의
돈이라면 제한 없이 넣으셔도 됩니다.

음… 혹시 부모님 돈이면 무제한이 아닌가요?
이번에 부모님이 보유하고 있던 오피스텔이 하나
팔렸는데 돈 필요하면 지원해주신다 하셔서요!

회계사님

부모님이 이자 없이 자녀의 1인 법인에 빌려
주는거라면 20억 정도까지는 법적으로 괜찮습니다.
그냥 준다면 증여세가 발생할 수 있지만,
자녀 법인에 빌려주는 것은 증여세 문제가
발생하지 않습니다.

20억까지 빌려주실
여력은 안되시는데…
여튼 그 이하면 괜찮다는 거군요!

 회계사님
CPA 네 그렇습니다.

예 알겠습니다.
그러면 좀 더 투자금액을 늘릴게요!

 Summary & Tip

- 이체할 때 메모를 잘 해두는 습관이 있다면 법인 운영이 하나도 어렵지 않습니다.
- 본인 돈은 법인에 빌려줘도 문제가 없습니다.
- 부모님 등의 돈은 20억 정도까지는 법적으로 증여 문제가 발생하지 않습니다.

- 예시1) 9억을 증여받는 경우 납부할 증여세 : −1.9억

- 예시2) 9억을 증여하지 않고, 자녀가 설립한 법인에 무상으로 빌려주는 경우 매년 발생하는 투자수익 : +1.53억원
  납부할 증여세 : 0원

증여세 없이 증여가 가능?

Epilogue

폭우를 예상하는 것은
중요하지 않다.
하지만 노아의 방주를
만드는 것은 중요하다.

Warren Edward Buffett

Epilogue

에리는 법인을 설립한 뒤 법인 명의로 몇 건의 채권을 더 투자했다.

채권이 어느정도 쌓이다보니 월급에 육박하는 수준의 현금흐름이 발생하기 시작했다. 간혹 채권 수익금이 하루 이틀 늦어지는 경우가 있었지만, 하이본 파이낸스에서 매끄럽게 잘 해결해줬다.

에리는 세입자 때문에 스트레스 받던 지식산업센터를 처분하고 나니 속이 편했다. 혹시라도 세입자가 나간다고 하면 새로운 세입자는 또 어떻게 구하나, 이자랑 관리비 때문에 생활이 쪼들리는 거 아닌가 은근히 신경 쓰였는데, 지산을 팔고 나니 두통과 치통이 없어졌다.

마음이 편하니 회사에서 일도 더 잘됐다. 집에서도 좀 더 편안한 마음을 가질 수 있었다. 남편이 손절한 코인 투자금도 안정적인 채권 수익을 창출해서 그런지, 에리는 이제 남편이 퇴근하고 게임을 하고 있어도 전처럼 화가 나지 않았다. 오히려 가정을 위해 최선을 다해 열심히 살아가는데 더 잘해주지 못하고 있는거 아닌가 하는 미안한 마음도 들었다.

지난 명절 때 만난 오빠네 가족도 투자했다. 원래는 오빠가 7,000만 원으로 차를 바꾸려고 했다는데, 새언니가 에리의 이야기를 들어보더니 관심을 보였다. 애 학원비도 부족한데 음식점 관리하느라 차 탈 시간도 많지 않으니 지금 멀쩡히 굴러가는 차 그냥 타고, ASPL에 투자해서 영어유치원이라도 보내자며 투자를 시작했다. 새언니는 7천만 원 투자를 통해 월 1백만 원의 추가 생활비를 마련하여 꿈에 그리던 영어 유치원에 아이를 보내게 되어 만족스러워했다.

부모님은 세입자 구하기가 점점 어려워지는 오피스텔들을 모두 매물로 내놓고, 매수자가 있을 때마다 하나씩 팔아버렸다. 판 것 중 일부는 에리의 법인을 통해 투자하셨다. 오피스텔을 다 팔고 나니 건강보험료 부담도 줄었다고 했다. 세입자가 구해지지 않을 때마다 공인중개사의 무능과, 관리비, 건강보험 폭탄에 대해 항상 열변을 토하셨는데, 오피스텔을 팔고 ASPL을 통해 현금흐름이 안정적으로 발생하자 고혈압도 나아지신 것 같았다. 찌푸린 표정보다 미소를 보는 일이 더 많아져서 에리는 기뻤다.

지속적이고 안정적인 현금흐름을 만들어내는 ASPL은 에리에게 마음의 안정을 선물했다. 출산휴가와 육아휴직으로 인한 소득 감소에 대한 불안과 걱정으로 가득했던 에리의 마음은 이제 평온을 찾게 되었다. 무언가를 더 치열하게 공부해도 결과적으로는 ASPL만 못했다.

마음의 안정을 얻은 에리는 가정에 더욱 집중하기로 결정했다. 얼마 지나지 않아 마치 선물처럼 에리 부부에게 아이가 생겼다. 아이라는 공통된 목표를 통해 에리 부부는 미래를 함께 설계하며 더욱 돈독해졌다. 서로를 의지하며 아이와 미래를 위해 최선을 다하는 과정에서 부부의 사랑은 더욱 깊어져 갔다.

ASPL은 에리에게 단순한 경제적 수단을 넘어 마음의 안정과 행복을 가져다주었다. 에리 부부는 ASPL의 도움으로 더욱 행복하고 풍요로운 삶을 누리게 되었고, 앞으로도 아이와 함께 더욱 아름다운 미래를 만들어갈 예정이다.

Appendix

ASPL 핵심서류

필수

– 전입세대열람원 및 확정일자 부여현황 (구주소 및 신주소 각각)

– 등본, 초본, 인감증명서, 신분증사본

– 국세, 지방세완납증명, 건강보험, 연금보험 완납원

– 근로소득원천징수영수증, 소득금액증명원, 부가세과세표준증명원,
  재직증명서, 자격득실확인서 등

기존 대출이 있다면

– 금융거래확인서

세입자가 있다면

– 임대차계약서 원본

 ASPL 투자 정보사
하이본파이낸스

증여 상담 및 법인 사업자 전문
정영록 회계사

 세무정보사이트

대법원인터넷등기소

 네이버부동산

전문가라도, 수입의 본질은 노동소득입니다.

• 전문 의료인이라고 해도 수입의 본질은 노동 소득이라는 것을 깨달았습니다. 개원 후 얼마 지나지 않아 막대한 개원 비용과 가족 부양에 대한 책임감은 큰 압박감으로 다가왔습니다. 게다가 젊고 열정적인 의사들이 매년 새로 개원하면서 경쟁은 더욱 심화되어 안정적인 미래를 기대하기 어려웠습니다.

진료실이라는 좁은 공간에서 벗어나 진정한 자유를 누리기 위해서는 안정적인 현금 흐름 파이프라인이 필수적이라는 것을 깨달았습니다. 그러던 중 ASPL을 접하게 되어 미래에 대한 두려움을 떨쳐낼 수 있었고, 미래에 대한 자유를 확신할 수 있게 되었습니다. ASPL은 의사들의 경제적 안정과 자유로운 삶을 위한 최고의 투자 상품이라고 생각합니다.

- 강남에서 안과를 운영하는 의사 K

ASPL은 부동산 투자자들에게 새로운 기회를 제시합니다.

인천에서 다가구와 상가 임대업을 30년 이상 운영하며 오랜 경험을 통해 부동산 투자의 매력과 어려움을 모두 경험했습니다. 건물주가 좋아보일 수도 있지만, 부동산 임대업은 관리의 어려움, 상권 변동, 낮은 환금성, 높은 세금 등의 문제점을 가지고 있습니다. 최근 ASPL 투자에 접하게 되면서 부동산 투자의 새로운 가능성을 발견했습니다. ASPL은 부동산 임대업의 문제점을 해결하면서 안정적인 수익을 창출할 수 있는 투자 방법입니다.

결혼하고 뻔한 월급으로 힘들게 살아가는 자녀들을 도와주고 싶었는데, 증여세, 양도세, 취득세 등이 부담되어 고민이었습니다. ASPL로 자녀들에게 현금흐름을 만들어주었는데, 돈 때문에 애도 안 갖는다고 하다가 ASPL로 생활이 한결 여유로와지니 손자도 둘이나 낳았습니다.

- 인천에 살며 다가구, 상가 임대업을 하는 60대 투자자 Y

안전하면서도 높은 수익성을 가진 투자처를 찾는 분들에게 안성맞춤인 지침서입니다.

투자에 대한 조언을 요청하시는 분들과 대화를 하다 보면 안전하고 수익성 높은 투자처를 문의하시곤 합니다. 투자는 '원금 손실 가능성'을 전제로 하기에 불안정성에 기인하는 것이 마땅합니다. 불확실성에도 불구하고 리스크를 감수하며 사람들이 투자하려는 이유는 저금리로 인해 인플레이션을 대비하기 위해서입니다. 이런 상황에서 ASPL투자는 좋은 투자 분야가 될 수 있습니다. 문제는 어떻게 ASPL에 접근해야 하는지를 모른다는 것인데, 그런 약점을 메꿔주는 좋은 지침서가 바로 이 책이 아닐까 합니다. 투자를 하고 싶은데 비교적 안전한 방법을 찾는 사람들에게 적극적으로 추천합니다.

이 책은 ASPL 투자에 대한 기본적인 개념부터 실무적인 정보까지 탄탄하게 다루고 있습니다. 〈ASPL: 대한민국 0.1%만이 알고 있는 부의 비밀〉은 ASPL 투자를 시작하려는 분들에게 매우 유용한 책입니다. 탄탄한 이론과 풍부한 실무 경험을 바탕으로 ASPL에 대한 모든 것을 자세하게 설명하고 있습니다

- 토지 전문 투자자 및 농업회사법인 대표 J

월급 이상의 현금 흐름을 꿈꾸는 분들에게 추천합니다.

·   과거에는 회사원으로 생계를 유지하다가 미래가 없 겠다는 생각이 들어 부동산을 공부하기 시작했습니다. 부동산 투자 를 통해 어느 정도의 성공을 거두어 경제적 자유를 이루었지만, 더 안정적이고 지속적인 수익을 얻을 방법을 찾고 있었습니다. 부동산 을 저렴하게 취득하기 위해 경매와 NPL을 연구하던 중 ASPL 투자 를 접하게 되었고, 현재는 ASPL 투자를 통해 월급 이상의 현금 흐름 을 안정적으로 창출하고 있습니다.

ASPL은 일반 경공매나 부동산 투자에 비해 안정적이며, 품이 덜 듭 니다. 풍차돌리기와 같은 방법을 활용한다면 복리의 스노우볼 효과 를 누리기에도 최적입니다.

이 책은 단순히 ASPL의 개념을 소개하는 것이 아니라, 실제 투자 사 례와 전략을 구체적으로 제시하여 투자자들의 실무에 큰 도움이 됩 니다.

- 서울에 사는 40대 부동산 투자법인 대표자 J

가즈아만 외치다
낭떠러지에 다다른 뒤에야
발견하게 된 ASPL

먼저 입사한 선배들을 보면 암울했습니다. 회사는 직원을 지켜주지 않습니다. 바람 앞의 등불입니다. 스스로 지켜야 한다는 압박감에 섣불리 주식과 코인 투자를 시도했지만… 실패로 끝났습니다. 그렇다고 낙심한 채 포기하고 살 수는 없었습니다. ASPL 투자를 알게 된 뒤, 조금 더 나은 미래를 꿈꿀 수 있게 되었습니다. 저는 5%대의 직장인 마이너스통장으로 ASPL에 투자해 연평균 15% 이상의 무위험 수익을 얻고 있습니다. 주식이랑 코인에서는 항상 패배하기만 했는데 이건 매달 승리하니 기분이 좋습니다.

ASPL은 적은 금액으로 시작 가능해 사회 초년생도 부담 없이 시작할 수 있습니다. 또한, 투자 후 바로 현금 흐름이 발생해 또 하나의 월급처럼 느껴져 심리적으로 든든합니다. 마지막으로 다른 투자 상품들에 비해 상대적으로 안정적인 수익을 기대할 수 있습니다.

ASPL 투자는 경제적 자유를 꿈꾸는 모든 사람들에게 추천하고 싶습니다.

– 대기업 재직중인 30대 직장인 A

상가주택과 원룸을 매도하고 ASPL을 알게된 후 마음의 평화를 찾았습니다.

• 　정년퇴직(명예퇴직) 이후 연금 외에 안정적인 현금 흐름을 만들기 위해 상가주택과 원룸을 매입했는데, 생각보다 힘들었습니다. 세입자들의 수리 요구, 월세 미납 독촉, 다른 세입자들과의 분쟁에서 중재 등 다양한 문제가 있었습니다. 뒤늦게 어떤 유튜버가 '인생이 너무 무료하고 심심하면 상가주택이나 원룸을 사서 꼭 대기에 살아라'라고 하는 동영상을 봤는데, 왜 그런 말을 하는지 충분히 공감합니다.

세입자와 수리업자들의 스트레스 때문에 연금 수급 기간이 심히 짧아질 뻔했기 때문에, 상가주택과 원룸 건물을 매도한 뒤 ASPL에 투자를 시작했는데 매우 만족합니다. 현금흐름을 정상적으로 만들어준 도구인 아파트 후순위 담보대출(ASPL)이며, 현재의 투자에 매우 만족합니다.

- 조용함을 좋아하는 연금생활자 J

부동산 투자의 불안감에서 벗어나 안정적인 현금흐름을 얻었습니다.

2015년 이후 대세상승장에서 아파트 다주택 투자를 통해 약간의 부를 축적했습니다. 하지만 최근 부동산 가격 상승과 고금리로 인한 변동성에 대한 불안감이 커졌습니다. 특히, 전세 가격 하락과 공급 확대, 대출 상환 부담 등의 위험 요소를 고려하여 새로운 투자 방법을 찾고 있었습니다. 그러던 중 ASPL 투자를 접하게 되었고, 현재는 ASPL 투자를 통해 안정적인 현금흐름을 확보하여 대출 상환금과 생활비의 압박에서 벗어났습니다.

ASPL은 양도세, 취득세, 종부세, 세입자, 전매 고민이 없다는게 가장 매력적이며, 하이본 파이낸스의 전문가분들이 현금흐름을 잘 관리해주셔서 마음이 놓입니다. 이제는 '행복한 은퇴'를 꿈꿔도 될 것 같습니다.

- 대전에 사는 50대 주부 부동산 투자자 L

상류지역 청정수 ASPL

• 　　　　경매를 열심히 공부하며 투자해왔지만, 낙찰받기는 하늘의 별 따기고, 막상 낙찰된다 하더라도 '승자의 저주'처럼 비싸게 산 건 아닐지, 공유자우선매수나 취하되는 건 아닐지, 예상치 못한 하자가 나오는 건 아닌지, 명도는 어떻게 할지 등의 스트레스에서 벗어나기 어려웠습니다.

경,공매와 NPL을 연구하던 중 ASPL 투자를 접하게 되었고, 이는 저에게 새로운 투자 기회를 제공했습니다. 경매가 하류의 탁류라면, ASPL은 상류의 청류라고 할 수 있습니다. ASPL투자는 경매 투자와 달리 매월 일정한 현금흐름을 얻을 수 있다는 예측가능성과, 경매 입찰에 비해 편리하게 투자할 수 있다는 편의성, 명도 및 리모델링, 임차인을 구하는 수고로움이 없어 시간과 노력을 절약할 수 있다는 장점이 있습니다.

경매에 관심이 있는 사람이라면 〈ASPL: 대한민국 0.1%만이 알고 있는 부의 비밀〉을 읽어보시길 강력하게 추천드립니다. ASPL 투자의 세계로 여러분을 안내할 것입니다. 그 세계는 신세계일 것입니다.

　　　　　　　　　- 부동산 매매법인을 운영하는 경공매은둔고수 S

전 세계를 돌아다니는 디지털 노마드에게 큰 도움이 됩니다.

•   ASPL은 아파트라는 확실한 담보가치와 저당권이라는 안전장치라는 장점을 이용해 본업과 병행하더라도 부담을 주지 않아 좋습니다. 또한 저 같은 디지털 노마드에게는 어디서나 손쉽게 소액으로 안정적인 투자를 할 수 있는 점이 큰 메리트로 느껴졌습니다.

제가 ASPL을 투자할 때 가장 중요하게 여기는 부분은 담보물의 시세 흐름이나 지역별 위치입니다. 담보물이 충분히 가치 있다면 더 자신감 있게 투자하려고 했습니다.

부동산 투자에 관심을 갖고 알아본 결과, 하이본 파이낸스와 같이 사후 관리를 제공하거나 좋은 투자물건의 이유를 설명해주는 곳은 찾지 못했습니다. 〈ASPL: 대한민국 0.1%만이 알고 있는 부의 비밀〉은 이 분야에 관심을 갖고 있는 투자자들에게 길잡이와 등대 역할을 할 것으로 기대됩니다.

- 싱가폴에서 거주 중인 디지털노마드 투자자

언제 끊길지 모르는
월급봉투보다
후순위 채권 ASPL!!

·   경매 투자를 처음 시작했을 때, 저는 종종 이해하기 어려운 가격으로 낙찰되는 사건들을 접하게 되었습니다. 왜 그런 가격에 낙찰하는지 궁금했고, 그 과정에서 NPL에 대해 알게 되었습니다. 하지만 NPL 투자는 개인이 접근하기 어렵다는 말을 들었고, 방어 입찰은 단순히 구경만 해야 한다는 조언도 받았습니다.

우연히 아파트 후순위 담보채권, ASPL을 알게 되어 채권자가 되는 기회를 만나 지금 이 자리까지 오게 되었습니다.

앞으로 부동산 및 다른 투자와 사업을 병행할 일이 생기더라도 내 투자 포트폴리오의 일정부분은 후순위 채권투자로 채워져 있을 것이 확실합니다. 언제 끊길지 모르는 "월급봉투보다 안전한 현금흐름"을 포기하기란 쉽지 않기 때문입니다.

- 자산관리법인 대표자 J

P2P회사 출신의 NPL 강사도
ASPL 투자자더라구요.

• 저는 부동산 P2P 투자 열풍이 불었던 시기에 P2P분산 투자를 통해 수익을 얻고자 했습니다. 하지만 현실은 녹록지 않았습니다. 투자한 P2P회사가 도산하면서 투자금의 상당 부분을 손실하게 되었고, 더욱 충격적인 사실은 제 이름으로 된 권리가 하나도 없었다는 것이었습니다.

의욕을 상실한 채 회사에 다니다가 P2P 회사 출신 NPL 강사의 강의를 듣고 ASPL 투자라는 새로운 세계를 접하게 되었습니다. 유명 경공매 강사와 NPL 강사 모두 ASPL 투자를 하고 있다는 사실에 ASPL의 잠재력을 다시 한 번 확인했습니다.

ASPL 투자는 P2P 투자로 손실을 입은 투자자들에게 좋은 회복 기회가 될 수 있습니다. 저는 앞으로 ASPL 투자를 통해 안정적인 수익을 창출하고 경제적 자유를 이루고 싶습니다.

- ASPL 투자 전문 유한책임회사 업무집행자 L

대한민국 0.1%만이 알고 있는 부의 비밀

ASPL

1판 1쇄 | 2024년 1월 25일
1판 4쇄 | 2024년 3월 11일

지은이 | 고귀한, 정영록
편집 및 디자인 | 디자인그리, 김미숙

펴낸곳 | 도서출판 봄날 (주식회사 에이엘이)
주소 | 서울특별시 영등포구 선유동1로 32, 3, 4층
대표전화 | 02-3667-4244
이메일 | foryourspringday@gmail.com

출판등록 | 2016년 11월 23일 제2016-000158호
ISBN 979-11-986339-0-3 (13320)